影子間諜

木皿泉●著

蘇暐婷●譯

目次

【影子間諜】

隱身在人群中，
假扮成某人，
監視著人們的機器人。

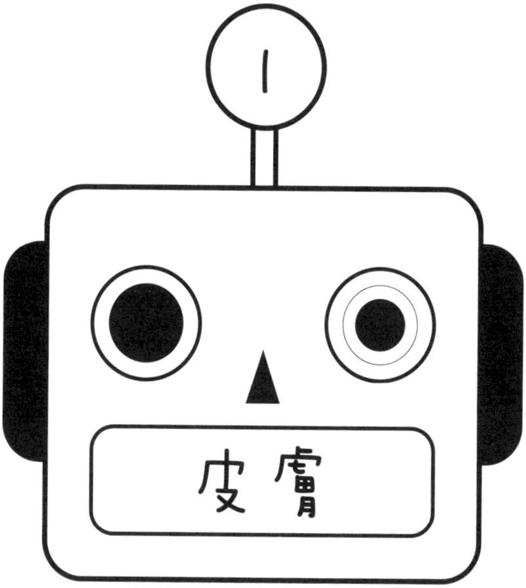
1
皮膚

小學三年級的時候，小冬第一次聽說世上有「影子間諜」這種東西。那是井戶理容院的小兒子阿武偷偷告訴她的，說是雖然新聞沒有報導，但日本已經研發出長得跟人類一模一樣的機器人了。

「我爸幫人剃鬍子這麼多年，只要一看皮膚就知道了。」

聽說阿武爸爸搭電車時，偶爾會瞥見非人類的皮膚。雖然都有毛孔，也有毛髮長出來，但就是哪裡怪怪的。這是阿武爸爸在家裡悄悄告訴他的。

那天已經放學了，不知是從什麼話題聊到這裡。夕陽餘暉從窗戶灑落，逆光下的阿武表情模糊不清，尖尖的頭彷彿一座在沙坑堆起的沙丘；好像絲路一樣，雖然我沒去過——小冬當時心裡這麼想著。

聊完這件事大約半年後，阿武爸爸是電車色狼的傳聞不脛而走，後來井戶理容院就一直大門深鎖。阿武似乎還是有來上學，但小冬與他不同班。不知什麼時候阿武便轉學了，再也沒出現過了。井戶理容院保留著原本的招牌，變成了一間賣現採蔬果與手工味噌的食品行；後來，又改成賣毛巾、餐具禮盒的雜貨店，只是每樣商品看起來都像長年堆在壁櫥裡的婚喪喜慶禮品，這間店最終也悄悄關門大吉，而小冬自己也把跟阿武聊過影子間諜的事情忘得一乾二淨。

直到國中一年級園遊會結束時，她才想起來，當時發生了一件大事：一名國一女生自殺，整座校園鬧得沸沸揚揚。大家都在討論自殺女學生是否遭到排擠，有人說看到她的室內鞋裡有融化的冰淇淋，也有人說見過她因為包包的東西被沖進馬桶裡而哭，人人都在捕風捉影時，警察找上了一位同年級的女孩G。G不只跟自殺女學生素不往來，也幾乎不和別人打交道，根本不可能是霸凌那位女學生的凶手，因此大家的好奇心全都集中在一件事情上——為什麼警察要找她？

其實警察找G去問話只是出自某人的臆測。因為女學生自殺的隔天，G剛好早退，到星期一時，事情就傳成這樣了。據說G去了醫院，上學時手背上也包著鐵證如山似的繃帶，可是繃帶看起來鬆垮垮的，非常可疑。重點是根本沒有人看到她受傷。

一開始大家覺得叫她的本名不太好，便用G代稱，但後來有人發現一年級裡只有她的姓名是G開頭，因為覺得有趣，大家背地裡便叫得更起勁了。

小冬在收拾東西準備回家時，教室後方聚集了一群男生，果不其然就在聊G的事情。

「就說警察手上握有鐵證啊。」

「所以是G霸凌她？」

「我們都沒發現，警察又怎麼會知道？」

「搞不好——G是影子間諜？」

小冬把體育服塞進包包時，聽到男生們窸窸窣窣的交談聲，冷不防嚇了一跳。

「影子間諜喔。」

「影子間諜啊。」

這是小冬自阿武提起以來，第二次聽到這個名稱，但大家卻習以為常地討論著，彷彿這東西早就出現在你我周遭。那種感覺，就像某個被遺忘在遙遠絲路上的東西，突然從包包裡被用力掏出來一樣。

大家心照不宣地點頭，有個沒聽過影子間諜的人問道：

「你們在說什麼啊？什麼是影子間諜？」

他用手機一面搜尋，一面環顧眾人。

「網路上找不到啦。」

「聽說只要在網路上提到，就會立刻被刪除喔。」

「好像還有專門的公司在刪除關鍵字。」

「真的假的，世界上有那種東西？」

居然連網路都查不到。男學生開始拚命滑手機搜尋影子間諜，似乎覺得一點蛛絲馬跡都沒有，反而更令人毛骨悚然。

「就說找不到了。」

「影子間諜就是監視攝影機啦。」

據說那是一種跟人類長得一模一樣的機器人，它會潛入職場、校園，有時也會化身幫傭進入家庭，監控是否有虐待、霸凌等惡行。一旦發現惡行，影子間諜體內的攝影機就會將情況記錄下來，提交給警察當證據。

「意思是，我們學校也有影子間諜潛入，正監視著我們嗎？」

「我們學校喔，有啊。」

「是『漁夫帽』嗎？那傢伙的動作超像機器人的。」

模樣。

「哈哈哈真的耶，一拐一拐的。」男同學說著，模仿起「漁夫帽」走路的

大家開始熱烈討論誰是影子間諜。有人說其實連偶像團體裡也有，甚至某些政治家、知名主持人都是影子間諜。大家找犯人愈找愈起勁，而小冬則默默把東西收拾好，悄悄離開了教室。然而她前腳才剛踏出，便聽到教室裡的男生們竊竊私語起來。

「她剛剛出去了耶，該不會是她吧？」

「誰？」

「笹野冬。」

「愈不起眼的人反而愈可疑。」

「那不是糟了，剛剛我們都在聊影子間諜耶。」

「我沒有講錯話吧？沒有吧？」

「你講超多的。」

「不會吧……」

不過比起小教室裡的聲音，小冬更在意阿武爸爸的遭遇。說不定他正是因為能夠分辨機器人和人類，才被誣賴成電車色狼，然後被帶到不知名的地方去了。小冬在腦內演起小劇場，想像著阿武爸爸在電車裡忍不住摸別人皮膚的模樣。明明她並不在場，卻像當事人一樣緊張。她想起了阿武說過的話，「雖然都有毛孔，也有毛髮長出來，但就是哪裡怪怪的」，如果自己也在場，懷疑某個人不是人類時，一定會想要摸摸看確認一下。不曉得肌膚的觸感怎麼樣？小冬自己沒有幫人剃過鬍子，不知道摸了能不能分辨出來呢？

小冬腦中滿是光怪陸離的幻想，校園中庭卻和平常一樣寧靜，看起來倒像在粉飾太平。到底哪些是真的，哪些是假的，小冬已經分不清了。

小冬沒有和G說過話，但見過她。現在G成了校園紅人，因此即使不主動認識她，朋友一見到G，也會附上來咬耳朵說：「快看，是G耶。」被咬耳朵的人之後又變成咬別人耳朵的人，這種行為彷彿刻在基因裡一樣，以駭人且精確的效率將消息一傳十、十傳百。

所以，當小冬在圖書室看見正放鬆休息並望著窗外的G時，小冬立刻就認出她來了。小冬的眼神不知為何一直無法離開她，不知不覺便朝著G直直走過去，懷裡甚至還抱著原本要還的書。

G留著一頭清爽的褐髮，看起來不像是染的，而是天生的。她坐在窗邊，包著繃帶的手放在桌上，遙望著遠方，彷彿是動漫中的角色。就像二次元的人物被剪貼下來，跟校園風景融為一體一樣。小冬很想確認她到底是不是真人，忍不住一步步靠近，等到她發現「這也太近了吧」的時候，G面色不悅地抬頭瞪了她一眼。

圖書室裡的人都目睹了這一幕。小冬很清楚大家雖然裝作沒在看，但其實都神經兮兮地注意著她們。接下來該怎麼辦呢？小冬腦中一片空白。

「行、行者同學。」

小冬喊了G的姓氏，圖書室裡凝重的氣氛這才稍微緩解。但G聽到小冬喊她行者，依舊沉默地盯著小冬的臉，沒有任何回應。

「我可以坐這裡嗎？」

這也太牽強了。圖書室裡明明還有很多空位，可是小冬實在想不到還能說什麼。她指了指G正對面的座位，而G依然沒有說話，只是將目光從小冬身上移開，再度望向遠方。

小冬坐下來後，猛然想起抱在懷裡的書早就讀完了，但她還是隨便翻閱起來，假裝在閱讀。而G也是，佯裝著望向遠方，實際上卻在觀察小冬。假裝看書比想像中還累人，小冬感到筋疲力竭。就在小冬默默哀嚎時，G突然起身，對著小冬點頭暗示她跟上來，接著快步離開。小冬急忙頷首，把書收進包包裡，像小狗一樣跟在高挑的G身後追了上去。

G走路飛快，出了校門依然速度不減。小冬終於追上時，G正站在三岔路口若有所思。小冬也調整急促的喘息跟著停下，此時G轉過頭來。

「所以呢？」

G質問道，瞄向小冬的臉。大概是見小冬一副狀況外的模樣，G不耐煩地問道：

「我是在問妳，是誰派妳來的？」

「派我來？」

小冬傻呼呼地複述，G開始解開繃帶。

小冬驚訝地望著她，G將手背伸到她面前，繃帶底下有一小塊紗布，用OK繃貼著。

「一定是有人派妳來把這個撕掉對吧？要妳來看看我到底有沒有受傷。」

G講話時的情緒與其說是憤怒，更像是憐憫。

「……誰呀？」

聽小冬答不出個所以然來，G的表情困惑了一下，喃喃自語道：「是我搞錯了？」接著，她把垂落的繃帶撿起，一圈一圈地捲在手心，又說了一次：「是我搞錯了？」

「我……」

小冬覺得自己應該解釋一下，但開了口卻一句話也說不出來。

G打開包包，將捲好的繃帶收進去，小冬見狀也翻開包包，明明沒有要拿東西，卻假裝東翻西找，因為她覺得站在旁邊發呆很尷尬。

漫無目的翻了一陣子後，跑出一張通知單，上頭印著一串長長的標題：「有關此次風波之真相調查說明會」。「此次風波」指的是女學生自殺案，通知單上隱約可見「關懷」、「生命」等字眼。這八成是校方為了給個交代才寫的，小冬並不想親手交給父母，只打算放在餐桌上；畢竟與父母談珍惜生命，實在太難為情了。媽媽下班回家後，應該也只會瞥一眼餐桌上的通知單，就把剛買回來的洋蔥啊、優格啊順手擺在上面。不是小冬的家庭比較特別，而是每個家庭都差不多；換做是小冬自殺，通知單到了各個家庭，也會被當成一張普通的紙來看待。

「我之所以生氣……」

G開口道。

「是因為大家根本沒有資格討論警察是否找過我。」

小冬望著她，G挑了挑眉。

「因為沒有人真的為了自殺的女學生在難過啊。大家口口聲聲說遺憾、說她可憐，卻又臉不紅氣不喘地接著聊偶像啊、考試啊。妳不覺得很假嗎？」

聽G一說，小冬才發現自己心有戚戚焉。過世的女生與她不同班，因此小冬不知道她的名字，也沒和她說過話，但倒是見過她一面。

暑假時，小冬到學校當值日生，正好看見她頂著烈日，在網球場上奔馳。她汗如雨下，不斷發出「乒、乒」的單調擊球聲，白色短裙下是一雙小麥色的纖細長腿，網球鞋是白底帶有銀色條紋的，牌子是Reebok。在那個彷彿一切都靜止的八月豔陽天，唯有球場上的那雙腿不停地跑跳。小冬對她的認識僅止於此；而如今，她已經不在了。但當小冬聽說她過世，不但很快就接受了，還不假思索地說她可憐。小冬總覺得這樣不太對勁，卻又說不上來哪裡不對。

G玩起了貼在手背上的ＯＫ繃，掀起來又黏回去，接著抬頭問道：

「妳會保密吧？」

「嗯。」小冬點點頭。

「那就讓妳看一眼。」G說著，小心翼翼地撕開ＯＫ繃。小冬一面盯著她的手，一面擔心要是傷口血肉模糊該怎麼辦，卻又挪不開視線。G慢慢將ＯＫ

繃撕到底，改變了一下角度，讓小冬能看清楚。ＯＫ繃底下並沒有傷口，取而代之的是一串用紅筆寫下的名字。那是自殺女學生的名字。

「其實我跟班上其他同學一樣，大概記不了她的事太久，所以我想把她的名字寫下來，至少在名字消失之前，我會記得她。」

手背上的名字看起來已經有一點模糊了，但字跡依然工整。Ｇ大概是覺得碰到空氣容易揮發，讓小冬看完後，便將紗布蓋了回去，還用手指把ＯＫ繃用力貼緊以免翹起來。Ｇ可能還不放心，又拿出剛剛收進包包裡的繃帶纏了起來。

小冬得知她的名字就在那裡，感到莫名地安心。可以的話，希望它永遠都在那裡。小冬不禁問道：「我想看的時候，可以讓我看嗎？」「可以啊。」Ｇ嫣然一笑。Ｇ的頸項、從肩膀延伸的手臂，還有為了看管擺在地上的包包而打開的雙腳，都是千真萬確的，小冬心裡這麼想著。其實仔細一看，自己駐足的街道、街道兩邊的便利商店，還有一旁穿梭來往的車輛也都是真的。

與G在三岔路口道別後，小冬回到了家裡。房裡空無一人，她開了暖爐；等到屋裡暖和起來時，媽媽回來了。

天氣預報說今天起會突然變冷，還真的料中了，媽媽剛下班回家，一邊喊著「好冷！」，一邊從口袋抽出手來摸小冬的臉蛋。媽媽的手非常冰，平常小冬一定會生氣，但今天卻覺得「幸好幸好」。小冬也說不清楚哪裡好，但總而言之，這份冰冷是真實的。

§

小冬只有那天與G一起放學，之後就再也沒有機會和她獨處了。有時她會遠遠看到G孤伶伶一人，但小冬幾乎都跟朋友待在一塊，不方便去找她。

然而，小冬那天在圖書室找G說話一事，卻引發了一場意料之外的風波。

過去都沒有人真正跟G相處過，因此大家都頗意外小冬竟然敢找她講話，事情也立刻傳了開來，最後演變成人人都想去騷擾G。

某天G走在路上，有個男生突然衝到她面前要求握手。這舉動明明很無聊，大家卻笑得東倒西歪。一發現這招能搞笑，便陸續有人效仿，像是向她問路、對她告白等等。若G視而不見，就想盡辦法逗她，甚至有人對她吹氣、拿水潑她。不知不覺間，G竟然成了測試膽量，以及懲罰遊戲不可或缺的工具。

這當然並非小冬本意，但面對這樣的風氣，小冬也只能乾著急。G看起來總是充滿自信，這令其他學生感到焦慮，再加上G對任何戲弄都置之不理，反倒激起了大家的好勝心，情況愈演愈烈。

女學生自殺的原因尚不明朗，同學們各個人心惶惶，草木皆兵。或許正因為如此，才需要玩點新遊戲以忘記這件事，結果行徑便愈來愈誇張了。

某天，G在走廊正中央用力怒吼了一聲，正好在場的小冬被她的聲音嚇了一大跳，當場動彈不得。

「一群垃圾！」同學們挨了罵，咬牙切齒地跑去找老師告狀，但因為老師不在，一幫人無功而返。大概是一股氣無處宣洩吧，眾人便順勢將G團團圍住，不斷威逼她道歉。

G在人群之中平靜地說道：

「就是你們。」

她的聲音令人不寒而慄，一點也不像出自普通國中生，在場所有人都愣住了。同學們害怕地面面相覷，終於明白她是在指女同學自殺案，於是嘰嘰咕咕反駁起來：「開什麼玩笑，那跟我們又沒關係。」「欺負她的明明就是一年三班的人。」

「算了，無所謂，反正影子間諜都看在眼裡。」

G一說，所有人都屏住氣息，教室裡鴉雀無聲。不知是誰嘟噥道：「總之我們是無辜的。」G便盯著講話男生的臉，說：

「是啊，好無辜喔。每個人都覺得自己好無辜喔。」

小冬一聽，覺得就像在指責她，難過得想哭。G抬頭環視大家一圈後，便獨自離開了。

後來，再也沒有人敢當面騷擾G了。G總是用憐憫的目光望著跑到她跟前的人，被那樣的眼神一盯，總感覺自己就像一條喪家犬，於是逗弄G的遊戲便漸漸乏人問津了。

§

G的那句「影子間諜都看在眼裡」，如詛咒般籠罩著整個班級。

如果「影子間諜」只是傳說，那就跟電視節目、漫畫一樣，聊起來充滿超現實感，還滿有趣的，但G卻當著大家的面，斬釘截鐵地說出口。今天和昨天明明沒什麼不同，教室裡的氣氛卻天差地別。

小冬一出校門，發現G正在等她。G笑瞇瞇地靠過來說：「太可笑了。」接著發出咯咯的莞爾聲。

「大家還真以為有影子間諜，不覺得很蠢嗎？」

G偷瞄小冬的表情，小冬實在笑不太出來，但還是點頭「嗯」了一聲。

「該不會連笹野都相信吧？」

「哪、哪有……」小冬吞吞吐吐地回答。

「好，就這麼辦。」G突然說道。

小冬看向G的臉，不敢問她決定了什麼，只是靜默地望著她。

「我要當影子間諜。」

G的這番宣言，令小冬大吃一驚。

「不覺得是個好主意嗎？我要放出風聲，讓大家都以為我是影子間諜。」

「要是那樣，就沒有人敢跟妳說話了。」

小冬連忙阻止。

「現在也沒有人敢跟我說話啊。」G笑著說。

話是沒錯，但謊稱自己是影子間諜，未免太——

「這樣很好啊，只要有影子間諜，應該就不會再有霸凌事件了吧。」

霸凌真的會消失嗎？小冬之前曾在公園撞見好幾個男生圍著一名男孩，正在戲弄他，雖然被戲弄的男孩自己也哈哈大笑，但一和小冬四目相接，反而冷冷地瞪著她。小冬慌慌張張把眼神撇開，快步跑下斜坡。她邊跑邊嘔氣，心想：

「這麼愛被欺負，那你就被欺負一輩子好啦。」

「但我覺得有些被欺負的人，自己也不希望霸凌消失。」

小冬一說，G突然有些佩服地望著她。

「笹野，妳還挺聰明的嘛。」

G看起來有點高興。

G希望小冬負責散播謠言，但小冬實在不願撒謊，於是每每在走廊看到G便逃之夭夭。

所以，當小冬的朋友緊張兮兮地四處張望，悄聲對她說「妳知道嗎？聽說G是影子間諜耶！」的時候，小冬一不小心就說溜了嘴：「妳怎麼知道？」朋友一聽，露出一副「雖然震撼，但又不太意外」的表情。小冬的一句無心之言，幾乎坐實了G的影子間諜身分。

G如願以償，似乎很享受自己成為謠言主角，時不時學機器人做出一拐一拐的動作，再觀察同學們的反應，然後獨自竊笑。同學們也誤以為真，還加油添醋愈傳愈誇張，甚至有同學信誓旦旦地說他看到G的脖子皮膚剝落，露出裡頭的機械。

教室裡，同學們依然會開開玩笑、打打鬧鬧，但大家的心卻好像都不在這裡，空氣裡瀰漫著一股緊張兮兮的氛圍。

§

小冬走出校門時，有三個女學生蹲在一起，非常專注地聊天。

「一定是騙人的啦。」

聽到女學生高亢的聲音，小冬回頭一看，原來是同班的林。另外兩人則低頭盯著地上。她倆常常和林黏在一起，但因為班級不同，所以小冬不曉得她們的名字。這三人總是形影不離，甚至每天都穿一樣圖案的襪子，有時是閃電，有時是眼鏡，大概是林先決定好圖案，再讓大家照著穿吧。今天的圖案是貓咪肉球，但襪子顏色不同，林穿著最可愛的粉紅色。小冬不禁想著，萬一穿錯圖案，大概會被排擠吧？儘管不關她的事，小冬還是有點緊張。

聽完林的話，穿綠色襪子的女生像豁出去似地開口說：

「雖然我也這麼覺得，可是每當回到家裡，只剩自己一個人的時候，就會愈想愈害怕。」

穿紫色襪子的女生聽了，頻頻點頭附和。

「萬一……萬一她真的是影子間諜怎麼辦？」

林一聽，陷入沉默。

小冬聽到影子間諜一詞當場渾身僵硬。她費了一番力氣才躲到停在一旁的休旅車後，並蹲了下來。

「說不定影子間諜都拍下來了。」

紫襪女生呢喃道。

「拍下來？」

「就是——把偷來的東西交給我們的影片啊。」

小冬將身子往前靠，因為紫襪女生說出了自殺女學生的名字。那個女學生去偷東西，然後把東西交給這三個人——事件的真相讓小冬的心噗通狂跳。

「那不就完了嗎？完蛋了啦！」

「那，只能弄壞她了。」

林此言一出，另外兩人頓時張口結舌。

「反正她又不是人，弄壞她應該無所謂吧？」

「弄得壞嗎？」

「既然是機器人，照理說弄得壞。」

「那樣犯法吧？」

「又不是殺人，頂多算器物毀損罪？」

「那會不會要我們賠錢啊？」

「會啊，搞不好要上億日圓。」

「我們哪來那麼多錢啊。」

「反正爸媽會想辦法吧。」

「不可能，我們家付不出來。」

「我們家也付不出來。」

「好吧，那把她藏起來？」

「說不定可以，把她關起來的話，電池應該過一陣子就會沒電吧？」

「她有裝電池嗎？」

「不知道，天曉得她是靠什麼在運作。」

「不過，既然她記錄了我們的資料……」

「那就把資料刪掉？」

「怎麼刪？」

「光靠我們不可能刪除啦。」

「所以我才說，把她關進一個絕對不會有人發現的地方啊。」

「可是那樣有用嗎？一般來說，不是都會裝ＧＰＳ嗎？」

「也是啦，就連我們的手機都有ＧＰＳ。」

「那就把ＧＰＳ拔掉啊。」

「怎麼拔？」

「唉呀，我就說不知道了。」

話題不論怎麼聊，都會繞回原點。

三人最後的結論是——海。三個女生一致同意讓Ｇ沉進海裡，這樣一來，應該就能迫使所有功能停擺。當然Ｇ也有可能防水，但她們已經懶得考慮這麼多了，因此沒有人提出異議。事情拍板定案後，三人便起身離開了。

林一行人走遠後，小冬依然僵在原地。直到街燈亮起，她才發現太陽已經完全下山了。仔細想想，這三人的討論根本是無稽之談，搞不好只是在開玩笑？想到這裡，小冬才終於站了起來。

回到家後，小冬吃了晚餐，洗了澡，不知不覺間，小冬已經把這三人的事拋到九霄雲外了。

§

直到導師宣布二月的校外教學要去做田野調查，小冬這才回想起來。校外教學當天，大家要搭船到一座島上，去縣內遠近馳名的洞窟觀察地層。去年的校外教學是觀測流星，由於反應熱烈，這次再度邀請熱愛地理的隔壁班導師一起參與，三班與四班聯合舉辦田野調查，共開放三十個名額，先搶先贏，但必須自備長靴。「不會吧？認真的嗎？」導師一宣布行程，同學們不論男女哀聲一片，頓時興趣缺缺。

天寒地凍的，還要坐船到洞窟裡，簡直是自討苦吃。小冬當然也不打算參加，因此當她聽到林三人組問她要不要去時，不由得嚇出一身冷汗。自從聽到要搭船到海上，小冬心裡就有一股不祥的預感，卻又說不上來為什麼。

她想起這三人說要讓G沉進海裡，不禁感到一陣噁心。

「妳會去洞窟吧？」

林明明從未和小冬說過話，今天卻熱絡地找她攀談。就在小冬猶豫該怎麼回答時，林搶先問道：「隔壁班的人不曉得會不會去呢？」

見小冬不發一語，林顯得有些焦急，又問了一遍：

「行者同學不曉得會不會去呢？」

行者——林喊了G的本名。就在小冬不知所措時，三個女生不等小冬回話，又跑到別的地方去，窸窸窣窣講起悄悄話了。

這三人的裙子都短短的，髮尾也捲捲的，從後面看根本認不出誰是誰。

小冬很想見G一面，應該說必須見她。可是去圖書室也沒遇到人，小冬這才想起彼此並未留下任何聯絡方式。

現在已經沒有人敢叫她G了，而是模稜兩可地喊「那個人」、「那個誰」，但林卻指名道姓地說「行者」，這不就擺明了她們當初的討論沒有在開玩笑嗎？如果問G，她一定會立刻回答要不要去。總之一定得見本人一面。

小冬在校門口等了約一個鐘頭，卻始終等不到人，於是改去G把紗布掀開，讓她看手背的三岔路口等。天空下起了今年的第一場雪，沒帶傘的小冬心想著，下雪總比下雨好，便繼續痴痴地等，天色不一會兒就暗了，最終小冬沒有見到G，抱著遺憾回家了。

隔天早上，小冬開始喉嚨痛，雖然身體很不舒服，但還是硬撐著去上課。由於放心不下G，小冬還到隔壁班探頭探腦，卻依然沒見到她；小冬也到三岔路口等了一會兒，但因為身體愈來愈冷，只好乖乖回家。從那晚起，小冬便高燒不退，最後連田野調查也沒去成。

等到小冬康復，終於能去上學的那個早上，她才從餐桌上的報紙得知有女學生自船上墜海的消息。

§

小冬到學校後，導師並不在班上，倒是教務主任前來簡單說明了一下原委，但內容跟報紙上刊登的幾乎一模一樣。明明發生了這種大事，卻依然繼續正常上課，一切都跟平常沒什麼兩樣，這令小冬感到寒毛直豎。

墜海女學生的名字並未公布，但大家早就知道是誰了。小冬在休息時間從朋友們的談話間得知，居然是林。這麼說來，確實沒看到她。據說林是穿著救生衣，自己跳下海的。

「她那兩個跟班呢？」小冬問道。

「聽說都不在現場，是林一個人跳下去的，很詭異吧？」

正如朋友們所說，實在太詭異了，畢竟她們三人總是如膠似漆地黏在一起。而詢問獲救的林本人為什麼會墜海時，她也只是猛搖頭。

「難道沒有其他目擊者嗎？」小冬問道。

「這個嘛……」朋友們突然欲言又止，面面相覷。

「目擊者就是影子間諜。」其中一個人小聲說道。

「影子間諜——」

小冬話才剛吐出口，又吞了回去。她輪流看了看朋友們的臉。

「沒錯，聽說是G看到了。」其他朋友接著說，說完還點了一下頭。

小冬的腦中浮現了林三人組的背影，還有林說「行者」時胖嘟嘟的嘴唇，頓時想起當時那股令人心裡發毛、不祥的預感。原來行者參加了田野調查。在船上，她和那三人談了些什麼呢？多半是自殺女學生的事吧。

「行者同學她沒事嗎？」

朋友們一開始還沒有意會到小冬口中的「行者同學」是誰，但很快便想起了G。

「是她去通知，林才獲救的。」朋友說道。

但她們都對狀況百思不得其解。

「G為什麼會在現場呢？太奇怪了。」

「對呀，她跟那三人也不熟。」

「真是猜不透。」朋友們你一言我一語地猜個不停。

「這就表示，她真的是影子間諜吧。」

其中一人悄悄說道。G是影子間諜，一切都在她的監控之下，所以當然會知道有人墜海。若不這麼想，實在導不出結論。

總是和林黏在一起的另外兩人雖然有來上學，不知為何卻分開行動。以往寸步不離的景象再也不復見，襪子的圖案也不同了，而且這兩人見到小冬時，總是低著頭，就像是做了什麼虧心事一樣。

小冬試著找G卻沒見到她，鼓起勇氣問了G的同班同學，這才知道她請假。G坐在從前面數來第四個靠窗的座位，只有那裡沒有放書包，嘈雜的教室裡，唯獨G的桌椅靜悄悄的。

G從那以後就再也沒來上學。小冬每天都到隔壁班張望，但座位總是空蕩蕩的。小冬想問G的事情也愈積愈多。

林自墜海後過了約一週，終於來上學了，事件的起因變成她只是想試試看救生衣的效果，風波也因此平息。然而，負責規劃田野調查的導師卻失去了以往的活力，整個人憔悴不已，看了真叫人同情。

G不來學校後，影子間諜的傳聞也跟著煙消雲散，教室的氣氛變得悠閒起來，才經過幾個月，大家就把女學生的自殺疑雲忘得一乾二淨。

新學期開始了，布告欄張貼的重新分班表上並沒有G的名字，代表G已經離開這所學校了。

不知不覺間櫻花已全數凋謝，就在這時候，一名男同學衝進剛下課的教室裡大喊「G來了！」，同學們一聽，全都瞬間從位子上彈起。小冬也趕忙跑到大家擠成一團的窗邊遙望中庭，看見G穿著便服正慢步走來。她手上沒有繃帶，抱著像是大筆記本的東西，一身深藍色毛衣襯著白色衣領，搭配格子裙，G完全沒有抬頭看窗戶，而是筆直地一路走進教職員大樓。

小冬恨不得立刻飛奔去找G，但班會要開始了，只好和大家一起回到教室。導師進來後，宣布了行者將在放學後舉辦迷你鋼琴演奏會，導師一面看著列印的單子，一面說明行者在知名鋼琴大賽中奪冠，決定到國外留學，想在那之前為大家開一場迷你演奏會。根本沒有人知道G會彈鋼琴。有人說：「難怪體育課她總是在旁邊休息。」大家一聽，紛紛討論起來：「對耶，萬一打籃球時不小心手指挫傷，或許就不能練琴了。」「體育課休息的不是林嗎？」「G也有休息啦。」「她的手包著繃帶，說不定就是要製造藉口在體育課休息。」

導師將印出來的單子一一發給同學，在大家拿到後，便自然而然地改口稱呼她為「行者」，而不再是「G」或「影子間諜」，但都沒有人注意到這件事。

「原來行者這麼有名。」

「早知道就跟行者要簽名了。」

「但行者感覺就很孤僻。」

小冬想起從前班上同學對別人的稱呼也是說變就變。沒錯，就是女學生自殺時。自殺前她是縣內網球排行第五的優秀選手，過世後大家就只叫她「可憐的女生」，彷彿打從一開始，同學們就是這樣稱呼她。如今「行者」終於在大家心中變成「行者」，但那反而不太像是小冬認識的G了。

被迷你演奏會吸引的人潮比想像中多，作為會場的音樂教室被擠得水洩不通，擠不進去的人只能排到走廊上。小冬也進不去音樂教室，只好把嬌小的身子儘量縮起來鑽進人群中。透過一點點空隙，小冬看見了G。但她其實也沒有親眼目睹G的身姿，只能勉強看到琴鍵。鴉雀無聲的教室內響起翻樂譜的聲音，接著，G的手突然出現在琴鍵上。小冬倒吸一口氣，屏息凝視著她的手。

G的手先是用力敲擊琴鍵，接著就宛如生物一樣忙碌地來回奔波。小冬盯著G的手背想看清楚。突然地，紅色的字跡就這樣一閃而過，令小冬大吃一驚。那是女學生的名字，過了這麼久，字跡居然還沒消失。回過神來，G已經換了曲目，聽起來很耳熟。有人竊竊私語：「是莫札特的〈安魂曲〉。」G手背上寫著的紅色姓名，如呼吸般隨著音樂上下起伏。

小冬聽到有人喃喃著「橘康江」幾個字，不假思索轉頭一看，發現林站在那裡。「橘康江」就是寫在G手背上的自殺女學生姓名。G彈奏的安魂曲非常動聽，同學們與老師都欣賞得如癡如醉，但小冬心裡所想的卻是這世上只有三人知道這首曲子是為誰而奏——自己、G以及林。這裡明明有這麼多人，卻沒有人想起網球好手橘康江。橘康江那雙曬成小麥色的腿，就像眼前G靈動的手指一樣，也曾在網球場上充滿韻律感地來回奔馳。小冬回想起那一幕，雙手不禁緊緊交扣起來，彷彿在為橘康江祈禱。

§

那是小冬最後一次見到G。

小冬大學畢業後，在製紙公司工作了八年。某天，一名女同事向她坦承：

「我跟笹野小姐其實是國中同學。」當時兩人正在居酒屋，其他同事都已經回去了，只剩她倆。這位女同事就是以前總是跟林黏在一起、那三人組中的一人。小冬想起了有貓咪肉球圖樣的綠色襪子。女同事是會在公司裡哈哈大笑的豪爽女子，因此小冬完全沒發現她就是那個女生，還跟她一起共事了八年。而小冬的個性跟國中時一樣，做任何事都畏畏縮縮地，在公司也老是愁眉不展。

「其實我打算瞞一輩子的，可是笹野小姐，妳看起來總是那麼悶悶不樂。」

是啊，小冬很清楚自己有多厭世。

「我猜，大概跟G有關吧？」

小冬聽到G這個名字，猛然想起G在三岔路口解開繃帶時的情景，心頭一驚。

「我只說一遍喔，這輩子就只說這麼一遍。」女同事重申了一次，開始講述林的故事。

林她們三人，是偶然間撞見橘康江行竊的，但當時橘本人百般推託，辯稱是賽前壓力太大。原本三人並不打算說出去，但橘康江卻開始拿各種東西賄賂她們。大概是希望她們能保密吧。一開始是漫畫、CD，後來變成了口紅、包包，東西愈來愈昂貴，一看就知道是偷來的。三人覺得害怕，某天便拒絕收下。「之前不是都收下了嗎？」橘康江激動地抗議，雙方吵了起來，林一時情急，撂下狠話：「我要把事情全部告訴老師。」橘康江一聽，發出了毛骨悚然的聲音回道：「妳敢講，我就死給妳看。」結果，橘康江真的如她所言，自殺了。三人把收到的東西全部剪碎，分成好幾包扔到自然公園的垃圾桶裡。這件事成了三人的祕密，但「G」卻出現了。女孩們擔心祕密被揭穿，狗急跳牆之下便密謀將G推到海裡。

「當時我們跟橘康江一樣，只顧得了眼前，滿腦子只想著不能讓事跡敗露，幸好計畫沒有成功。萬一G真的被推下海，那就是殺人滅口了。這事算我們走運吧。」

平常總是放聲大笑的女同事，表情變得十分嚴肅，她用筷子一面挑著海藻，一面說道。

原本她們擬定計畫，打算三人合力把G推下海，連自己也先穿上救生衣，以防萬一。之後，她們便把G叫出來，試圖推她落海。

「可是啊……」女同事頓了一下，看著小冬。

「她一動也不動。我們三人使盡全力拖她，她卻不動如山。與其說她很重，倒不如說像在地上生了根……」

那時，林爬到欄杆上想拉G上去，卻不慎失足墜海。穿著救生衣的林一掉下去，船隻便漸行漸遠，她的身影也跟著迅速縮小。這時，G冷靜地吩咐「我去找人救她，妳們兩個馬上把救生衣放回原處」，便隨即趕往駕駛艙。

獲救的林因為凍僵而臉色鐵青，但意識很清楚，堅稱是自己一個人掉下去的。再加上G什麼也沒說，事情便這麼過去了。

「後來，G不是離開了嗎？我猜可能是因為穿幫了吧。」
女同事的聲音挾著一絲醉意。
「穿幫？」
「我們三人合力拖她，她卻一動也不動喔。」
小冬腦中浮現出阿武爸爸說的話。G離開後，小冬曾經模仿她在自己的手背上用紅筆寫名字，可是不出所料，字跡很快就消失了。G手背上的字，看起來也不像是重新寫過，因為從頭到尾「橘」這個字都大大地歪向右邊，可能是一開始筆畫就寫錯了。為什麼那串名字可以保留這麼久呢？難道那就是阿武爸爸所目睹過的——非人類的皮膚？
「我覺得G真的是影子間諜。」
女同事說完，見小冬聽了面色凝重，隨即改口：
「開玩笑的啦，又不是科幻片。當時我也只是小孩，一定是我誤會了。」

說完便恢復平日的表情，哈哈大笑起來。

不知不覺快到了末班車的時間。兩人慌忙離開居酒屋，在夜色下趕起路來。小冬邊跑邊問：

「林後來還好嗎？」

「她結婚了，有三個小孩。」

女同事回頭望著跟在後面的小冬，邊喘氣邊笑著說：

「長女叫做康江喔。」那不是一貫的哈哈大笑，而是過去那三人形影不離時，青澀單純的笑容。

小冬盯著跑在前面的女同事腳跟，自己連忙跟上。腳跟上上下下，就和橘康江在網球場上奔馳的雙腿一樣，也和琴鍵上如呼吸般起伏的G手背一樣。小冬心想，林女兒的手腳，也會像這樣天真可愛地動來動去吧。

跑著跑著，小冬漸漸覺得G是不是人類都無所謂了。早在三岔路口看到G

把ＯＫ繃撕開時，小冬就相信這個世界是真實的。當時駐足的街道串連了現在腳下的路，小冬相信只要繼續跑下去，即使沒見過那名叫康江的小女孩，又或者這輩子也都見不到，但總有一天會遇見的。那就代表一切都是真的了吧？小冬也說不上原因，但肯定是這樣沒錯。

「跟得上嗎？」

跑在前面的女同事問小冬。

「還可以。」

小冬氣喘吁吁地回答，腳下踏著堅硬的柏油路，用力蹬向地面，飛奔向前。

2
腳丫

「把貓的腳砍斷，我就放過你。」近田威脅道。放過什麼？關貓什麼事？

被恐嚇的阿賢覺得莫名其妙，也不想知道原因。

「喂，到底敢不敢啊？砍還是不砍？」

上一次，近田的命令是「去親阿部，我就放過你」。阿部是個體型像西洋梨一樣胖嘟嘟的女孩，總是縮在教室角落，用左手捧著小小的便當盒一個人吃飯；近田一夥人把她的左手稱為豬腳要塞。阿部渾身上下都讓近田看不順眼，因此近田老想著欺負她，但似乎又拉不下臉來直接跟阿部這種邊緣人說話。

「去親阿部」的上個命令是「在走廊裸奔我就放過你」，再上個命令是「偷東西」，再上上個命令是「揍糾察隊老師」，再上上上個命令則是「把腳踏車停在馬路中央」。只要阿賢不照做這些強人所難的命令，近田就會和他的同黨一邊圍毆阿賢，一邊恐嚇他：「都說要放過你了，為什麼不聽話？」

事情怎麼會變成這樣呢？真要說起來，近田根本就沒有跟阿賢解釋要放過他什麼。一開始近田來找他講話，就已經是「要我放過你的話，就去買咖啡牛奶來」了。仔細想想，「要我放過你的話」可能是近田的口頭禪吧。或許阿賢不該那麼堅決，應該表現得更卑躬屈膝一點。但當時阿賢覺得自己又沒欠近田什麼，根本不須理他，結果午休就被近田的手下拖到空無一人的體育館更衣室，遭到埋伏在內的三人痛毆一頓。近田沒出手，只是紅著臉大叫：「不能打臉，會穿幫。」阿賢飽受拳打腳踢，一面盯著近田紅通通的耳朵，那耳垂形狀四四方方的。見阿賢痛苦地蜷縮成一團，近田才終於心滿意足。

但是回到班上以後，阿賢就像沒被揍過一樣根本不怕近田，這令近田再次惱羞成怒，威脅阿賢：「去舔廁所的馬桶，我就放過你。」阿賢置之不理，又被拖去圍毆，這種循環成了例行公事，阿賢越來越難以脫身，甚至導致阿賢後來只要聞到體育館更衣室的味道就想吐。因為知道接下來要被痛毆，穿越走廊到體育館的這段路程，反而比挨揍的當下更令阿賢恐懼。午休時間，阿賢總覺得教室裡三三兩兩聊天的同學都在看他，或許他們知道阿賢接下來要挨揍；一想到這裡，阿賢便陷入天崩地裂的恐懼中。

那天，近田似乎又想出了什麼新點子。他靠近阿賢說：「給你一個『不可能的任務』。」便把阿賢帶出教室。阿賢發現阿部一直盯著他，應該是察覺近田在騷擾他了，看來與近田的事早晚都會在班上曝光。阿賢想把和近田之間的恩怨做個了斷，因此決定接下來不管近田下什麼命令，他都要完成，這樣就再也不必聽到那句令人作嘔的「要我放過你的話」了。

聽到要砍貓的腳，阿賢不發一語。「太好了，阿湯哥[1]要去更衣室囉！」

1 電影《不可能的任務》的主演。

近田幸災樂禍地大叫。阿賢趕緊喊道：「好啦，砍就砍！」他的聲音比自己想像的還要大聲，硬是將近田壓了下去。

「既然是你要求的，貓和工具你要準備喔。」

阿賢冷冷地說，近田一夥人聽聞頓時嚇了一跳。阿賢心想，原來人被嚇到時真的會瞪大雙眼。近田大概是發現自己高高在上的地位險些不保，刻意拍拍阿賢的肩膀，放聲大笑起來：「這傢伙是認真的耶，有種。」哈哈大笑的行為無非是要掩飾自己和同夥因為事出突然而愣住的醜態。

一知道自己拿到掌控權，阿賢覺得終於做回自己，因而露出了從容不迫的笑容。但近田一看見他的笑容，表情便突然變得非常嚴肅，簡短地道：「我知道了，準備好再通知你。」說完便放了阿賢。

§

阿賢有種終於解脫的感覺。雖然一想到要砍貓咪的腳，阿賢就忍不住作嘔，但能和近田平起平坐，又讓阿賢感到很痛快，甚至感覺接下來所有的事都會一帆風順。阿賢心想，那群傢伙不可能輕輕鬆鬆就抓得到野貓，到時候他們就會明白自己的要求有多荒謬，進而放棄了吧。

但這終究是阿賢的一廂情願，看來近田並不打算放棄。距離阿賢說「砍就砍」的一週後，近田撂下了一句「東西我都準備好了」，便用眼神示意阿賢跟上。

體育館更衣室裡，近田的三名手下全都盯著腳邊的黑色背包。一看近田和阿賢來了，大夥臉上都鬆了一口氣，大概是害怕貓咪跑掉，或是貓咪被悄悄悶死吧。黑色背包像在呼吸一樣上下起伏，彷彿背包本身就是動物。阿賢看到包包立刻就後悔了。他原以為近田不可能準備好，但如今已經來不及拒絕。

「在這裡砍的話，血要是噴得到處都是怎麼辦？」

阿賢努力讓聲音聽起來很冷酷，但他的嗓音天生就帶有喜感。奶奶曾對他說過：「你的聲音很像植木等[2]。」阿賢雖不認識植木等，但家裡每個人都很喜歡他的聲音。

阿賢開朗的嗓音似乎令近田非常焦慮，他神色慌張、怒氣沖沖地說：「廢話，當然是去公園砍啊。」一行人便浩浩蕩蕩從學校前往公園。裝貓咪的背包由阿賢來背，當他一背起來，裡頭的貓咪便乖乖不動，但還是可以感覺到有小動物貼在身上，脖子也能感受到牠的氣息。雖然是被情勢所逼，但阿賢一想到得把牠的小腳丫砍下來，就覺得充滿罪惡感。

如果把貓咪的腳砍下來，家人還會喜歡他的聲音嗎？阿賢覺得自己好像在跟近田進行一場魔鬼的交易，但已經無法回頭了。近田一行人寸步不離地跟在

2 植木等（1926—2007），日本著名演員、歌手、喜劇表演者。

阿賢身後，彷彿要讓他無路可逃。公園映入眼簾，阿賢滿腦子都在想著還有沒有其他辦法，愈想愈忿忿不平。

公園裡空無一人，大概是近田事前安排好了吧；但阿賢隨即否認，不、不可能，近田沒這麼神通廣大。白楊樹下，阿賢小心翼翼地打開背包，一隻白底灰色花紋的貓探出頭來。牠戴著紅色的皮革項圈，上頭以銀色絲線繡了一個字母「N」；但也有可能不是「N」而是「Z」。

「家貓？」

阿賢驚訝地抬頭，近田回答：「還不都一樣。」看來果然是抓不到野貓。

「砍家貓會惹出一堆麻煩的，我才不要。」

阿賢態度強硬地拒絕。他也豁出去了，最好砍貓一事能就此作罷。

「這隻貓搞不好要三十萬日圓耶？萬一被抓到得賠錢怎麼辦？」

「這明明就是雜種貓，哪有那麼值錢啊？還不快砍！」

「你不知道有些貓很貴，甚至可能要五百萬日圓！」

阿賢心想這是最後的機會了，因此打死不退；但近田似乎也不想退讓。

「我付啊，萬一要賠錢的話，我付全額，還不快砍！」

「我不信。」

「他們可以作證。」

近田身後的小弟紛紛點頭幫腔。

「他們跟你都是一夥的，怎麼能信？傷害家貓可不是開玩笑的，這件事就算了吧。」

阿賢迅速打開背包，把貓捉出來想讓牠逃跑。只要沒有貓，這件事當然只能作罷。

可是貓咪雖然從背包出來了，卻當場蹲坐下來，一動也不動。阿賢心急如焚，努力想把貓趕跑，此時近田突然像個生意人說道：「好，那這麼辦吧。」

「白紙黑字寫下來，我再簽名畫押，證明萬一出事我願意全額賠償。這樣就沒話說了吧？好啦，還不快動手。」

近田從數學筆記本上撕下一張紙，鬼畫符般寫下「貓如果死了，我會全額賠償」，並簽上自己的姓名，接著從大家的書包裡翻找出一枝紅色的水性麥克筆，塗滿拇指，在紙上畫押。阿賢放棄掙扎，只能收下那張紙，將它緩緩塞進口袋裡，並從背包裡取出近田準備好的刀子。背包裡不知為何有好幾把刀，阿賢挑了最小的一把。

「用這種刀子真的砍得斷嗎？」

刀子是近田自己放進背包裡的，卻這樣吐槽。

貓咪完全沒有要逃跑的意思，只是一直望著阿賢。當阿賢把刀子抵在貓咪的腳上時，近田一行人明明是自己要求砍貓的，卻不敢從頭看到尾，反而是往後退了幾步靠在一起，隔著一段距離望著阿賢和貓咪。

當阿賢抓起貓咪的腳時，貓咪抬頭看他的表情，彷彿在問：「嗯？你要做什麼？」其實阿賢自己也知道，接下來的行為對任何人都沒有好處，而且一旦傳出去必死無疑。可是阿賢已經騎虎難下，或者說他已經找不到脫身的方法了。為什麼事情會演變成這樣呢？他當初是不是應該親阿部呢？是不是應該買咖啡牛奶請近田他們喝呢？要是他不把貓的腳砍下來，近田一定又會得寸進尺，要他做更離譜的事；更衣室的恐懼突然襲來，一想起那裡的悶臭味，阿賢的胸口就絞痛不已，哪裡還顧得了貓咪的安危呢？砍吧，砍就砍；不砍下去的話，就換我遭殃了。

為了空出雙手，阿賢用膝蓋把貓夾住。貓咪就像在更衣室裡被押入一卷卷地墊間的阿賢一樣，牠細細地喵了一聲，像在問：「為什麼要這樣？」阿賢也不明白，但莫名其妙被欺負久了，他也開始覺得或許這樣才是正常的。

阿賢把刀子抵在貓咪的腳踝上，才稍微用力，刀刃就順順地滑了進去，觸感就像在切魚板。刀刃滑順地切到底，貓咪的前腳一下就脫落了，但切口卻不是肉，而是平坦的橡皮擦。不論硬度還是彈性，都是橡皮擦。光滑的切面中間沒有骨頭，而是嵌了一束鐵絲似的東西，看起來就像餡料極少的壽司卷，但外表確實是貓咪的腳。阿賢提心吊膽地撿起掉在地上的腳丫，上面布滿毛茸茸的白毛，翻過來看腳底也有Q彈的粉紅肉球，縮在指尖裡的爪子如同渾圓小巧的貝殼，怎麼看都不像是假的。

「這隻貓——」

阿賢不禁喃喃自語，原本乖巧溫順的貓咪此時突然放聲尖叫，瞬間以不像少了一隻腳的速度逃得無影無蹤。

遠遠遙望的近田一行人張大了嘴，口中唸唸有詞，像是在問「真的假的？」、「砍下去了？」阿賢將貓咪腳丫高高舉起，問他們「要看嗎？」，近田等人立刻僵住。接著，阿賢朝他們慢慢擺出要把貓咪腳丫扔過去的動作，其中一人再也忍不住，哇地大叫一聲落荒而逃，其他同夥見狀也爭先恐後地逃離公園，才一轉眼，原本揮之不去的暴力竟連個影子也看不見了。

「搞什麼啊。」

阿賢獨自留在公園自言自語，接著，將手中類似貓咪腳丫的東西小心翼翼塞進口袋裡。

§

阿賢隨時隨地都帶著貓咪腳丫。一想到萬一忘在家裡或教室裡，又被人看到，阿賢就冷汗直流。一來他根本解釋不清楚這是什麼東西，二來他死也不想交代自己為什麼會有這截貓咪腳丫。上學時，阿賢便把貓咪腳丫塞進制服長褲的口袋裡，每過十分鐘就摸一摸，確定腳丫還在。

上體育課時，阿賢會把貓咪腳丫改握在手掌心，因為放進體育服口袋裡太顯眼了，而且最近男生體育課都在上足球，不會有人注意到。阿賢連洗澡都跟貓咪腳丫一起，他在洗完自己的頭後，會把貓咪腳丫也一併洗乾淨。沒有人教過阿賢該怎麼洗貓，他卻懂得用媽媽的無矽靈洗髮精搓洗；為了避免掉毛，動作還很輕柔，然後讓腳丫自然晾乾。

洗完澡後阿賢會打開窗戶，與貓咪腳丫一塊乘涼。此時阿賢突然感到一陣惆悵，深怕自己有一天會和貓咪腳丫分開。貓咪腳丫彷彿成了阿賢身體的一部分，他每天撫摸腳丫，摸著摸著覺得自己好像也長出了同樣的白色絨毛，腳底則生出了粉紅肉球。

國一時，曾有女生向阿賢告白，兩人交往了一段時間。阿賢只有最初的幾次約會感到興奮，後來便覺得兩人理所當然地黏在一起上下學，是一件很奇怪的事。他老實告訴女生，女生勃然大怒，她的三個女生朋友還在中庭痛斥阿賢，說既然喜歡，當然就會想要黏在一起，阿賢無奈之下只好不停道歉。那時他其實不太明白自己為什麼要道歉，如今阿賢總算知道了；原來他國一時根本不懂什麼叫喜歡。但他喜歡這個貓咪腳丫。不管到哪，他都想跟腳丫黏在一起，一刻也不想分開。貓咪腳丫知道他的脆弱、自私、卑鄙，明白他所有的缺陷，卻依然保持潔白漂亮陪著他。阿賢閉上眼睛，用貓咪腳丫抵住眼皮，眼球在肉球的按摩下，彷彿告訴著阿賢：什麼都不必管了。一股安心感深深地沉入他的身體裡。

回過神來時，阿賢發現自己竟在哭。他承認近田一夥人的暴力已經深深傷害了自己，令他害怕得不得了，令他恐懼得瑟瑟發抖。不知為何，阿賢總覺得貓咪腳丫會將他窩囊的淚水吸收殆盡，便索性大哭了一場。

§

近田後來雖然不再找阿賢說話，但阿賢在公園把貓腳砍掉的謠言卻不脛而走，可見近田背地裡依然在打什麼壞主意。謠言始終沒有平息，阿賢還被導師約談。無奈之下，阿賢只好把被近田恐嚇的事一五一十說出來。阿賢邊講，邊覺得這些故事好陌生，彷彿他根本就是局外人。他也強調自己絕對沒有砍貓，只是假裝砍下去而已，還拿出近田立下的協議書給導師當作證據。

女導師邊聽邊為阿賢打抱不平，當阿賢提到更衣室的事時，她還數度哽咽：「一定很痛苦吧？」最後，她堅定地看著阿賢說：「交給老師處理。」可是在那之後，近田一夥人並未被約談，看起來也沒受到什麼懲罰。阿賢甚至懷疑導師根本沒有在教職員室公布這件事，大概是她覺得麻煩，所以懶得處理吧。

時間過去了，沒聽說有人發現貓的屍體，阿賢的謠言因此逐漸平息。近田大概覺得自討沒趣，所以轉為欺負阿部，但又不想讓人知道他惡作劇的等級下滑，所以總是偷偷摸摸地來。他把吃剩的炸蝦尾巴塞進阿部的鉛筆盒裡，看到阿部在課堂上因為炸蝦尾巴愣了一下，而暗自竊喜。阿部像是自己做了什麼虧心事一樣，悄悄把炸蝦尾巴丟掉，深怕被人發現。炸蝦尾巴後來變成了咬過的炸雞、炸竹莢魚、塗了番茄醬的漢堡排、PEYOUNG炒麵、咚兵衛天婦羅蕎麥麵。玩膩之後，近田又把松葉蟹殼放進阿部裝體育服的袋子裡，大聲嚷嚷：「螃蟹味臭烘烘！」看著阿部默默承受惡作劇，阿賢的心也跟著忿忿不平。

阿賢想要幫阿部出一口氣，於是拿紅筆把衛生紙塗成血紅色，捆在貓咪腳丫上，擺進近田的鉛筆盒裡，用手機拍照，然後毫不猶豫地把相片上傳到網路，結果立刻引發軒然大波。同學從一一比對私人物品，到發現那就是近田的鉛筆盒，根本沒花多少時間。不知不覺間，所有人看近田的眼神都像在看神經病，近田也不再騷擾阿部了。

明明解脫了，阿部卻沒有流露一絲喜悅，這讓阿賢感到很不是滋味。「我是為了阿部才做的耶！」放學後的阿賢邊走路邊心想著，突然間，他覺得好像有誰在看他，回過頭卻空無一人。阿賢以為是自己想太多而繼續往前走，卻發現路旁的草叢裡有隻貓一直盯著他。貓長得和被阿賢砍掉腳的貓咪非常像，應該說跟那隻被砍掉腳還面不改色的貓咪根本一模一樣。阿賢握緊了口袋裡的貓咪腳丫，他想確認這隻貓有沒有腳，但牠躲在草叢裡所以看不清楚。突然間，阿賢似乎瞄到貓咪的脖子左右轉動了一下，他瞬間渾身起雞皮疙瘩。剛剛是怎麼回事？貓竟然搖頭了，好像在對他說「不行」。那到底是什麼東西？

阿賢一靠近，貓咪就跟前腳被砍下時一樣，以驚人的速度逃開，因此阿賢無法確認貓咪到底有沒有腳。阿賢心想，這一定是種警告。他自己也說不上來怎麼會冒出這種想法，但就是這麼認為。

§

自從貓咪腳丫的相片被上傳到網路後，近田就變了一個人。以前他總是成群結黨，現在都是孤伶伶的。他也不再大聲喧嘩，一到休息時間就消失不見，直到上課開始後五分鐘才回來；明明已經是上課中了，班上卻沒有任何人對此有意見。老師、同學們都知道近田的鉛筆盒裡有貓腳，但沒有人敢挖掘真相，就連近田原本的那群同伴也和他保持距離。近田彷彿成了透明人，或許是怕不小心跟他扯上關係，就會被捲入什麼風波吧，所以沒有人去問他真相。結果，大家背地裡反而猜得更起勁了；在網路上，近田已經變成每個月要殺十一隻貓的瘋子了。

阿賢對自己輕率的舉動所引發的嚴重後果，感到非常恐懼，因此立刻刪除了網路上的照片。可是近田的處境並未改變，而且近田看起來也不像對阿賢懷恨在心。不僅如此，近田連看阿賢一眼都懶，甚至也不再看阿部。在教室時，近田總是眼神失焦地盯著黑板上方。

阿賢開始害怕帶著貓咪腳丫，好幾次想扔掉它，但又覺得有人在監視他而因此作罷。帶著腳丫走路實在太危險了，萬一穿幫怎麼辦？光是想像班上有人發現這隻腳，導致自己也變得跟近田一樣，阿賢就想吐。

換個地方藏起來還是不安心，結果又換一個地方藏，就這樣循環了好幾遍。想了半天，阿賢決定把貓咪腳丫裝進上學用的背包內袋裡，把開口縫死。可是縫線很不整齊，一看就知道是手工縫的；萬一有人偷看他的包包，一定會覺得內袋很可疑，因此阿賢更不安了。

就在這時，阿賢突然想起媽媽為他做的補習袋，於是從壁櫥裡把袋子挖了出來。藍色的格紋袋子上有一塊飛機圖案的刺繡，那是阿賢讀國小時，媽媽為了讓他帶去補習班而縫製的，可是阿賢非常討厭這個袋子。他堅決不提這麼幼稚的東西，最後叫媽媽買了一個有運動用品商標的黑色袋子給他。

把貓咪腳丫縫進市售的背包裡似乎會穿幫，但如果是媽媽手縫的袋子，應該行得通。不過，阿賢的手藝比自己想像中還差，不論重縫幾次，都還是會留下醜醜的縫線，看起來非常顯眼。

隔天，阿賢跑去手工藝品行尋找材料，發現有賣刺繡織帶，他左顧右盼，買下了幾卷。有了這個應該就能遮掩縫線了。付完錢離開手工藝品行時，阿賢有種大功告成的虛脫感。他立刻趕回家，將刺繡織帶仔細縫上去，看起來一點也不像加工過。全部縫完以後，想到從明天開始就要帶著這個袋子去上學，阿賢便不寒而慄；但思及自己費了這麼大工夫，也就覺得沒什麼大不了。

殊不知，到了學校後，阿賢的補習袋竟大受女生歡迎，人人搶著要摸摸看，這讓阿賢很是困擾。阿賢冷冰冰地對待那些女生，結果女生們反倒覺得酷酷阿賢和可愛袋子的落差很惹人憐愛，便逗他逗得更起勁了。女生有種不同於男生的特殊能力，目光銳利的她們一定很快就會發現那個像貓咪腳丫的東西，然後放聲尖叫：「這是什麼！」因此阿賢拚了命保護袋子。

那天下午，近田闖了大禍。他在一名國一女生前往體育館的路上，拿美工刀刺了她的大腿，全班一聽都愣住了。不知是誰咕噥道：「看來砍貓腳還不夠。」這句話迅速感染了全班，大家都心裡有數。

鐘聲響起，已經是上課時間了，導師沒有現身。取而代之的是教務主任，他匆匆交代「這堂課自習」後，沒有任何解釋就慌忙離開了。

各種真假難辨的消息陸續傳進教室裡，有人說遇刺的一年級女生是羽球社的社員，有人說從近田的書包裡搜出好幾把刀，有人說看到近田媽媽來了，有人說近田媽媽胸部很大，有人說她還提著愛馬仕柏金包，有人說那只是高級仿冒品，有人說近田其實家庭背景很複雜……「騙人」、「不會吧」的討論聲此起彼落，唯阿賢按捺著內心的焦慮，不發一語地坐著。同學們就像飢渴的狼群，四處徘徊尋找血腥味。那個流著血的獵物正是阿賢自己，這件事無論如何都要瞞到底。

「近田出來了！」

有人大叫，班上同學幾乎都貼到了靠走廊的窗戶上，阿賢也反射性地站起來，從同學身後窺探窗外，瞥見導師正帶著近田朝校門走去。近田邊走邊抬頭望向自己的教室，表情像在找人。一發現阿賢，他微微一笑，用手比出了小小的ＹＡ。

「他在幹嘛？」

「為什麼要比ＹＡ？」

「不懂。」

同學們議論紛紛，沒有人發現那個ＹＡ是對阿賢比的，這讓阿賢鬆了一口氣。這個ＹＡ一定也會立刻被拍下來，上傳到網路上，不斷被點閱，而近田也會愈來愈接近大家口中那個內心扭曲的變態國中生。

近田走路的模樣一掃近來的失魂落魄，彷彿終於找回了自我，但又帶著一點虛張聲勢，就跟過去使壞的他一樣。儘管不是用刀子而是用美工刀，但他砍的可不是貓，而是人，這件事似乎令近田充滿了自信。就阿賢看來，近田在當回全校師生心目中的壞學生後，似乎鬆了口氣。

這幾天近田是不是面對了真正的自己呢？是不是發現自己其實很討厭暴力？近田從來沒有親手揍過阿賢，甚至連貓腳被砍也不敢瞄一眼。他一定很難接受自己這麼膽小，所以比起窩囊的自己，他要證明網路上流傳的近田才是真正的他。

可是不對啊，阿賢心想。近田為了砍貓腳準備了那麼多把刀子，為什麼還要特地改用美工刀刺人？這表示近田並沒有瘋，他只是個普通人，真要他自己動手時，他也希望對方不要留下太重的傷勢。

「近田，你錯了！」

阿賢不由自主地對近田放聲大喊。

「這不是你！」

近田聽到阿賢大叫，嚇了一跳停下腳步，抬頭望著阿賢，那動作看起來就像個無助的孩子。近田一定是被逼急了，才搞不清楚是非對錯。就像阿賢自己當初被迫砍貓咪的腳一樣，被逼得走投無路了。阿賢按捺不住焦慮，他好怕近田那死愛面子的個性，會把他將來漫長的人生搞得愈來愈糟。阿賢好想把貓咪腳丫按在近田毫無戒心往上看的雙眼上，把他的恐懼吸收殆盡。近田，你快回頭，一定還有辦法。雖然阿賢也不曉得那個辦法是什麼，但依然在心裡吶喊。

近田不知是怎麼解讀阿賢的意思，他抬高的頭緩緩左右搖了搖，神情宛若心如死灰。阿賢只能眼睜睜看著近田再次邁向校門。

阿賢留下仍在圍觀的同學，一個人回到教室，卻發現阿部雙手緊握著她的便當盒。她的模樣看起來很不對勁，阿賢不假思索地問道：

「妳拿便當盒要做什麼？」

阿部露出前所未有的冷漠表情說：

「拿這個丟他。」

阿賢慌忙把便當盒搶下，裡頭是空的，只剩隔板喀啦喀啦作響。

「妳要是真的這麼做，之後全校就會像排擠近田一樣排擠妳喔。」

聽阿賢說完，阿部沉默地盯著地板，看得出來她非常不甘心。

「其實我知道，我全都看在眼裡。」

阿賢的話令阿部訝異地抬頭。

「妳已經很了不起了。」

阿部一聽，淚水嘩啦嘩啦地奪眶而出。走廊上的同學陸續回到教室，阿賢與阿部急忙裝沒事拉開距離，各自回到座位。阿賢還拿著阿部的便當盒，阿部則低著頭靜靜啜泣，氾濫的眼淚不曾停歇。阿賢找不到時機把便當盒還給阿部，只好默默塞進藍色格紋的補習袋裡。

回到家後，阿賢仔細清洗了便當盒，並不是因為他嫌阿部的便當盒髒，他只是想慰勞她一直以來的努力。看著別人的東西擺在自家廚房的碗架上，阿賢總覺得怪怪的。突然間，他認為這個被排擠的便當盒裡不該空蕩蕩的。

半夜，趁著媽媽在睡覺，阿賢為阿部做了便當。這是他第一次做便當，把蛋卷和香腸都弄焦了，賣相非常差。阿賢覺得不滿意，左思右想後拿剪刀把海苔剪成貓咪造型貼在白飯上，接著把眼睛挖空，看起來就像一隻黑貓望著這裡，成果還不錯。都做到這個份上了，向來求好心切的阿賢便覺得應該再多做一點，於是又剪起海苔，拼出「貓咪都在看」幾個字。阿部應該不知道這是什麼意思，但阿賢還是加上了「N或Z」的文字，才覺得心滿意足。

這天阿賢比平常更早出門，教室裡一個人也沒有。他來到阿部的座位，將昨晚做好的便當放進抽屜裡後，一溜煙衝出教室。

阿賢在中庭啃著上學途中買的麵包，覺得自己真是個神經病，居然做了那樣的便當；一想到阿部要是把他做便當的事說出去，阿賢就冷汗直流。自己一頭熱地忙了一晚，如今後悔也來不及了。不祥的預感接二連三湧入腦海，麵包卡在喉嚨嚥不下去，即使喝了牛奶，不吉利的感覺仍揮之不去。

阿部發現便當時並沒有大吃一驚，但還是捧著便當，用「咦？」的表情看了看阿賢。阿賢則裝作若無其事，直直地面向前方。午休時間，阿部帶著便當不曉得跑到哪裡去了，因此阿賢也不知道她是吃了還是扔掉了。開始上課時，阿部就像根本沒有收過便當一樣，擺出平常的一號表情，百無聊賴地轉著原子筆。阿賢擔心的事壓根兒就沒有發生。

§

到了寒假前夕，班上都在討論當初被近田刺傷大腿的女生，進了當地的偶像團體，但卻完全沒人討論行刺的近田。有人突然想起近田，提起他的事，大家才很懷念地說：「對耶，還有這個人。」而這不過就是三個月前發生的事。

或許不在眼前的人，就跟不存在於世界上是一樣的吧。近田退學後，是進了少年觀護所還是轉學了，沒有人知道。

阿部不知為何漸漸瘦了下來，現在的體型只有以前的三分之二，還交到了兩個好朋友，三人總是和樂融融地一塊吃便當。

阿賢則迷上了縫製手提包，目前提的是他第三個得意作品。縫入貓咪腳丫的技術也進步到爐火純青，應該不會再有人發現了。

聖誕節即將到來，阿賢在路上遇到了穿便服的阿部。阿部身著漂亮的藍色手織毛衣，領口微微露出碎花圖案的襯衫衣領。她似乎已經追著阿賢跑了一段路，氣喘吁吁地道：

「我、我問你喔。」

阿部調整呼吸。

「便當上寫的『N或Z』是什麼意思？」

阿賢早就把便當的事忘得一乾二淨，冷不防嚇了一跳，隨後想起自己不明所以的舉動，趕緊道歉。接著，他告訴阿部那是貓咪的名字。瞧阿部聽得意猶未盡，兩人便前往速食店，阿賢也乾脆把近田與貓咪腳丫的事全都告訴了她。

阿部靜靜聽完，問道：

「那個貓咪腳丫還在嗎？」

「要看嗎？」

阿賢說完，阿部「嗯」了一聲點點頭。

雖然一說出口就後悔了，但看到阿部滿心期待的模樣，阿賢實在無法出爾反爾。他掏出美工刀，拆起縫在手提袋內裏的線。

「原來藏在這種地方。」

「嗯。」

阿賢拆著線，心裡卻有些迷惘，不知道是不是真的該給她看。

阿賢也好久沒見到貓咪腳丫了。然而，從袋子裡滾出來的並非栩栩如生的貓咪腳丫，而是一塊大小差不多的橡皮擦。

阿賢驚訝得臉色都刷白了。他明明就把貓咪腳丫縫進去了呀，袋子的縫線也是他親手弄的沒錯。是誰？又是為什麼把腳丫掉包了？阿賢的心臟跳得好快。

「明明……就在這裡啊。」

阿賢勉強擠出這句話，阿部全都看在眼裡，她冷靜地說：

「大概是討回去了吧。」

「被貓？」

阿賢尖叫，聲音尖銳到連自己都嚇了一跳。

「應該是那隻貓所屬的組織吧。」

阿部所說的阿賢從來沒有想過，一聽完整個人都愣住了。貓咪有組織？為了什麼？

「理由不知道是什麼，或許是這種高科技還不能曝光吧？」

阿部的說法聽起來還真有幾分道理。

「那個跟貓咪的腳，真的一模一樣……」

阿賢急著辯解，但阿部打斷他的話，堅定地說：

「你講的我都相信。」

說完，她拿出了自己的手機給阿賢看，待機畫面是阿賢做的便當。

「我捨不得吃掉，所以一直冰在冷凍庫裡。」

看著手機螢幕，阿賢想起了那晚做便當的回憶——那個莫名其妙一頭熱的夜晚。

「香腸的斜紋切得很漂亮，海苔的角也剪得非常整齊，一想到自己能收到這麼用心的禮物，我就覺得應該多相信這個世界。」

塑膠杯裡已經沒有飲料，只剩下冰塊了，但阿部還是用吸管簌簌地吸著。

「就算貓掌不見了，我相信N或Z還是會一直看著你。」

聽到阿部理所當然地喊出N或Z這個名字，阿賢便感覺到，那隻貓果然是真正存在的。

「幸好沒有真的把便當盒扔出去。」

阿部悠悠地對阿賢說，接著透過速食店的窗戶望向草叢，語重心長地道：

「但願近田也有N或Z在看著他。」

§

後來，阿賢又見到了一次N或Z。那時他好不容易考上第二志願的大學，可是入學後卻整天提不起勁，唯一的興趣就是研究如何輕鬆拿學分。

他在便宜的居酒屋賴到半夜，凌晨三點被趕出去，與朋友分道揚鑣後，在夜裡獨自走著，而那隻貓就擋在路途的正中央。不論從毛色或紅色項圈來看，牠都是N或Z，但被砍掉的腳已經恢復原狀了。就算阿賢靠近牠，牠也沒有要逃跑的樣子。

阿賢抓住牠的腳，N或Z毫無抵抗，自己把腳伸了過來。阿賢把毛撥開觀察切口，發現斷掉的腳被仔細地縫了回去，那是機械縫不出來的細緻手工。阿賢想起阿部說過的話：

「一想到自己能收到這麼用心的禮物，我就覺得應該多相信這個世界。」

阿賢握住貓咪腳丫的手鬆了開來。那一瞬間，N或Z立刻把腳從阿賢手中抽出，用飛快的速度朝昏暗的街道跑去，頓時無影無蹤。

突然間，阿賢心裡湧上一股衝動，想要再做一個袋子。他要非常用心地縫，縫出能陪伴他人多年、陪對方見證人生旅途的袋子。

阿賢面色微醺地仰望夜空，總覺得這樣的月光及夜晚最適合下定決心。阿賢想像著他做的袋子會變成N或Z，想像著自己費盡心血縫製的作品，在這片夜空下綻放，讓一切都沉澱下來，就像今晚的空氣一樣靜謐、澄澈。好，就做一個這樣的袋子。如今，阿賢在近田的引導下來到了這裡，而這也是他唯一能為近田做的事了。

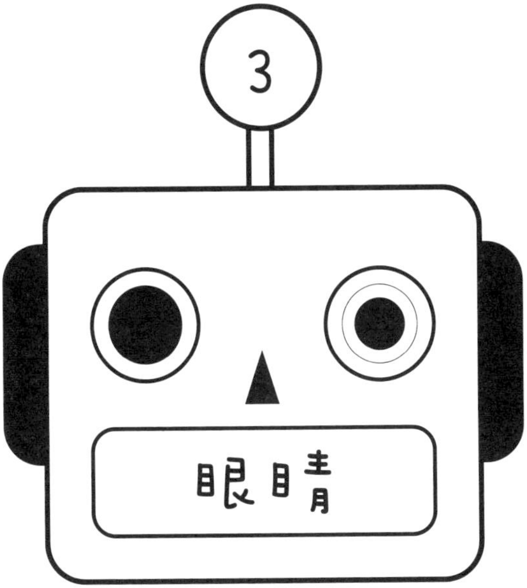
3
眼睛

這間水果甜點店位在三樓，面對馬路的方向有一整排落地窗，能將車站湧出的人潮一覽無遺。友子正坐在這裡吃著一客兩千日圓的西洋梨聖代。車站前有個和她年紀差不多的女人，穿著量販店四千九百八十日圓的橘色羽絨衣，底下露出一截法蘭絨格紋襯衫，雙手大包小包，步履蹣跚地走向公車站牌。友子暗自慶幸，還好沒變成那樣的老太婆。

繳完房貸的公寓、丈夫留下的存款和股票、拆掉丈夫老家所蓋的套房公寓的租金，再加上遺孀養恤金……對七十六歲的友子而言，這些錢要讓獨居的她安享晚年，已經綽綽有餘了。

「妳不覺得聽起來很有趣嗎？」

坐在對面的桐惠瞄向友子。「嗯。」友子含糊地笑了笑。桐惠指的是打臨時工，只要模仿迷路的失智老人，就能領到十萬日圓的酬勞。這麼大筆金額，令友子嚇了一跳，「畢竟是拍電影嘛。」桐惠點頭，向友子解釋道。

「導演說不能請專業演員，否則不夠逼真。他想拍的是類似紀錄片的影片，攝影機也會架在很遠的地方，遠到根本找不到放在哪，所以拍攝時應該不太會緊張。妳不覺得聽起來很有趣嗎？我自告奮勇要演，導演還嫌我年齡不符呢。」

桐惠不服氣地抱怨，說自己明明都快六十歲了。或許是因為有雙大眼睛吧，桐惠看起來仍很年輕，像今天穿著露單肩的上衣，簡直就跟上電視的藝人沒兩樣。

但突如其來說要拍電影，友子還是摸不著頭緒。

「可是我不知道該穿什麼衣服。」

桐惠一聽，笑著要友子放心。

「既然是拍電影，自然會有造型師幫妳從頭到腳打點好啊。」

聽到造型師幾個字，友子不由得正襟危坐起來，但又怕桐惠發現，趕緊喝水假裝沒事。

「這樣啊，原來會有造型師幫忙打理。」

「當然啊，拍電影嘛。」

這樣的話，十萬日圓的酬勞說不定很正常，友子心想。

落地窗下，下班的人們像是拖著鬆脫的鞋帶，有氣無力地走向下個目的地。友子也打算在離開這家店後，繞去百貨公司買幾道熟食再回家。白飯一早就煮好了，味噌湯包應該也還有剩。友子一點也不覺得這樣很寒酸，畢竟白飯是用高級電鍋煮的，味噌湯也是網購來的，一包就要兩百八十日圓，真材實料又健康；但友子突然有些迷惘。

什麼高級、健康，聽起來都是唬人的。上週買的純白喀什米爾外套，穿在老態龍鍾的自己身上，也沒有店員誇獎得那麼好看。百貨公司的熟食即使盛在德國的麥森名瓷上，蒟蒻仍是蒟蒻。當友子獨自嚼著飯菜，這些「心聲」就會在腦中相繼浮現然後消失。「空虛」兩個大字在眼前若隱若現，但友子不敢正視它，因此友子找朋友吃飯、預約美容沙龍、上熱瑜珈課、學習書法，偶爾購物癖發作就去百貨公司或精品店亂買一通。

「我試試看好了。」

友子回答。桐惠一聽，露出喜出望外的表情，開心地拍了一下手說：「真的？太好了！」

§

三天後，友子家收到了宅配送來的戲服。友子把戲服從箱子裡拉出來，那是一件她絕對不會買的、有著星星圖案的粉紅色睡衣，還套上彷彿幼稚園小朋友才會穿的罩衫。罩衫是暗紅色，有蘋果和音符的刺繡。友子仔細清點內容，心想我真的要去演戲了。

箱子裡有一份備忘錄，囑咐友子平日多穿這套戲服，到了拍攝當天服裝才會有陳舊感。友子感到十分欽佩，想不到拍電影這麼講求細節。備忘錄註明了正式錄影的日期、時間，以及錄影現場的詳細地圖。地圖上有一棟公寓，要拍攝的橋段是友子向一名從公寓出來的男人說話。男人的照片就附在備忘錄裡，是個體型健壯的中年男子，臉上帶著有些傲慢的笑容。友子沒見過他，覺得這八成是某個不紅的小演員。一想到他領的酬勞大概也是十萬日圓，友子便莫名其妙想與他較勁一番，下定決心要演得比他更逼真。友子已經好久沒有這種感覺了。根據備忘錄上的指示，她必須糾纏從公寓出來的男人，男人會無情地甩開友子，拔腿奔向車站。

看到自己拿著備忘錄的手，指甲塗成了粉紫色，友子慌忙尋找去光水。指甲可能也剪短比較好，畢竟到正式拍攝那天還會再變長一點。挖一下陽台的盆栽，讓土滲進指甲裡也不錯。把頭髮綁到後面，用橡皮筋纏起來好了。髮質可能要再乾燥一點，這陣子先別用潤髮乳。

友子愛上了扮演迷路老人。這種感覺令她懷念，就像國小學芭蕾時舉辦的發表會。她已經好久沒有沐浴在眾人的目光下了，而現在除了有藏起來的攝影機，影片還會被拷貝，播映到全國電影院的大銀幕上。如果這次表現不錯，說不定還會有下一次的演出機會。

友子早就忘得一乾二淨，忘了她也曾經拚命努力、遭遇打擊、獲得褒獎、遇到阻撓、得意洋洋、後悔莫及……她恍然大悟——原來，這才是真正的生活。

§

正式拍攝的過程一下就結束了，短得令人失望。友子搭乘備忘錄註明的地鐵，抵達指定的廁所後換上迷路老婦的服裝，接著就是重頭戲了。她低頭搖搖晃晃地走著，來到男人預定出現的公寓前，在這裡靜靜等待。等的時間比想像中長，令友子有些不安，但攝影機說不定正在拍攝，因此友子不敢恢復平常的樣子，也不敢尋找鏡頭。她像個徬徨失措的老人呆立在街頭，接著，照片中的男人終於從公寓大門現身了。友子按照劇本靠近他，男人露出驚恐的表情，停下腳步東張西望。友子心想，這個人的演技比想像中好，暗自與他較勁起來。

「請問——」

男人似乎真的很困擾，他一會兒看向友子，一會兒望向公寓上方，一陣手忙腳亂。

友子看準時機抓住男人的手臂，男人「哇」地一聲跳了起來，甩開友子的手試圖逃跑。友子繼續糾纏不放，男人攔了輛計程車，隨即揚長而去。劇本可不是這樣寫的啊。

友子不是演戲，而是真的傻住了，她想起接下來的指示，踉踉蹌蹌地走向車站，抵達指定的廁所換完衣服，然後回到家。再來只要把穿過的戲服、備忘錄等收到的東西全部裝箱，用宅配寄回去就可以了。友子到便利商店辦完寄件手續後突然害怕起來，不知自己做的到底對不對。她在現場沒有遇到任何工作人員，沒有指示，就連是否有人在拍攝，友子都搞不清楚。

看著自己踏在夜色下的雙腳，友子倒吸了一口氣。她穿著紅底金色流線條紋的輕便運動鞋，鞋帶上有黑色和金色的細格花紋，做工非常精緻，要價大約三萬日圓。去年桐惠邀她一起去泡溫泉，說旅途中會走很多路，友子便到常去的精品店，在店員的推薦下買了這雙鞋。穿起來真的很舒適，不知不覺間，友子連去便利商店或是去倒垃圾都穿著它。我一定老是將它扔在玄關沒收起來。友子突然有些懊惱，覺得很對不起它。

剛想到這，桐惠就打電話來了。她激動地大叫：

「導演說拍得太好了，高興得不得了呢！」

友子聽完總算鬆了一口氣，感到如釋重負。攝影機架在那麼遠的地方，應該不會拍到鞋子。

「我現在可以去友子家嗎？保證金寄放在我這。」

桐惠把打工的酬勞稱為保證金。

「沒關係啦，錢下次見面時再給我吧。」

友子口頭上雖然這麼說，心裡其實很想找人分享今天的遭遇。

「我拿到了今天拍攝作品的ＤＶＤ哦。雖然導演說剪接前不能給別人看，但我們就一起欣賞嘛？」

聽桐惠稱之為「作品」，友子不禁有些飄飄然。一想到真的有攝影機在拍攝，之前的擔憂便全數化為喜孜孜的成就感。

在那之後不到三十分鐘，桐惠就來到了友子家，她在玄關脫下鞋子，遞給友子一個水藍色的信封。友子打開一看，裡頭是一疊一萬日圓新鈔，應該有十張吧，厚度就像厚紙板，拿起來沉甸甸的。

桐惠自行打開了客廳的藍光播放器，把帶來的ＤＶＤ放進去。正在泡紅茶的友子趕緊跑來播放器前就位，盯著螢幕。

桐惠按下播放鍵，畫面變成白色，接著出現一串手寫字，一會兒是＃７、一會兒是日期，然後影片突然開始，幾輛車呼嘯而過。那的確是今天友子走過的街道，「啊，在這！」桐惠大叫，從人行道地鐵入口現身、穿著罩衫、步履蹣跚的老太太正是友子。原來攝影機架在馬路的對面啊，友子現在才恍然大悟。這麼遠就沒問題了，鞋子不會入鏡。友子鬆了一口氣。

「好酷啊，友子！看起來就像真的老太太一樣！」

「我已經七十六歲了，本來就是老太太啊。」

「看不出來七十六歲啦，大概六十八吧？」

其實友子也這麼認為，但螢幕中的自己儼然就是個老太婆，背都駝了，臉彷彿要埋進膝蓋裡。

影片播到男人從公寓出來，老太太抓住他手的那一幕，桐惠拍著手、流著眼淚笑道：「演得太好了！」友子也跟著笑了。即使隔得很遠，也看得出來男人的臉因恐懼而僵硬，搞不好他其實是知名演員。老太太被男人甩開手，忿忿地望著計程車離去。其實友子只是因為情節超乎意料而呆住了，但從影片上看來就是這麼回事。這一幕全長約三分鐘，但桐惠說，實際剪入電影裡的橋段應該會再短一點。

「要不要再看一次？」

桐惠不等友子回答便按下了播放鍵。播第二次時她講解了攝影機的位置，播第三次時討論了友子的演技，播第四次時聊起友子的髮型、服裝等細節，桐惠嘰哩呱啦說個沒完，令友子驚訝連連，兩人興致高昂地聊了許久。連到了就寢的時間，友子仍聊得意猶未盡。

「對了對了，差點忘了。」

桐惠從黑色紙袋裡拿出一個同樣黑漆漆的盒子。

「這是製片人要送妳的禮物。」

她從盒子裡小心翼翼取出一個四方形的玻璃容器，裡面裝滿了水，令友子很是詫異。水中有一隻紅色的金魚正在優雅地游泳。

「金魚？」

友子臉上流露出一絲厭惡，因為飼養小動物太麻煩了。

「這是電子金魚。」

桐惠把金魚從水中撈出來給友子看，金魚扭動身軀，精神奕奕地活綳亂跳。

「跟真的一樣對吧？但這不是真的，而是充電式金魚哦。」

桐惠拿自己的手帕仔細擦拭金魚，讓友子看金魚的肚子，上面有一個長方形孔蓋，打開就能用ＵＳＢ接頭充電。桐惠拿出附贈的電源線插上去，連接到插座，擺在地上的金魚頓時安靜下來，白色尾鰭變成了朦朧的紅色。「等這裡變成綠色就代表充飽電了，跟手機一樣。你看，不太需要照顧，是不是很方便？」

金魚似乎早已充飽電，尾鰭一下就轉成綠色了。

「友子要不要試試看？」

聽桐惠這麼說，友子戰戰兢兢地拿起金魚。不曉得這是用什麼材質做的，滑溜溜的觸感就跟真的金魚一模一樣，可是仔細觀察，金魚從頭到尾乃至每一片魚鱗都是手工畫出來的，畫工如同蒔繪[1]般精緻，說不定是某個知名藝術家

1 日本的傳統工藝。利用漆的黏性，將金粉、銀粉等材料依照想要的紋樣，固定於漆器上的技法。

的作品。

友子把電源線從金魚肚上拔掉，將蓋子喀一聲扣回去，金魚似乎感應到開關，尾鰭變回白色，再度扭動身體活繃亂跳起來。

「這東西要價不斐，我不能收。」

友子推託道，但當她看到金魚回到水中，立刻活靈活現地游起泳來，又想要得不得了。

「我就知道友子識貨。妳猜得沒錯，這東西確實昂貴，所以不是每個人都收得起的。」

金魚如果是真的，只會令友子反感，但一得知是假的之後，那翩翩舞動的魚鰭和尾巴反倒愈看愈惹人憐愛。

明明是金魚，它卻用人一樣的眼神望著友子。

「它的眼睛好像在說話。」

聽友子一說，桐惠笑著回答：「那大概是在說，它想住在這裡吧？」

金魚拚命擺動著魚鰭和尾巴，凝視著友子。

「我真的可以收下嗎？」

「就是要送妳才帶來的呀。」

桐惠把原本裝金魚的紙袋和盒子摺起來，連同自己的東西一起收進包包裡。

「要回去了嗎？」

「抱歉，我待太晚了，平日這時候妳早就睡了吧？」

桐惠將ＤＶＤ從藍光播放器中取出，一樣也裝進包包裡。

「作品完成後，我再寄給妳。」

桐惠在玄關一邊穿鞋一邊回應，但在跨出門之前卻突然臉色一沉，以飛快的語速補充：

「金魚一定要充電，也不能扔掉，否則後果會不堪設想。」隨後又恢復平日的表情，開朗地說：

「那就告辭啦。下次是約午餐哦，讓我們開香檳慶祝一下！」

說完便離開了。

友子站在空蕩蕩的玄關，回頭望向金魚所在的客廳，孤伶伶的金魚正在優雅地游泳。桐惠那一瞬的表情是意味什麼呢？一想到這裡，友子就覺得不太舒服，但洗完紅茶杯，換上絲質睡衣後，她便把這件事拋諸腦後了。

§

早餐過後，友子將碗盤放進洗碗機，啟動洗衣機，打開吸塵器。像這樣一如往常做著家事，讓友子覺得和桐惠熱鬧討論電影拍攝的過程很不真實。丈夫的靈位前還擺著桐惠給她的十萬日圓現金袋。金魚一如預料不太需要照顧，幫手機充電時友子會順便為金魚接上電源，所以金魚不曾沒電。忘記充電的話，後果不堪設想——友子因為桐惠的警告而有些心驚膽戰，但又覺得這樣的自己很可笑。

事情忙完後，友子坐在餐桌前，單手叉著檸檬蛋糕，攤開報紙，突然她渾身僵硬。映入眼簾的，是她扮演老太太時糾纏的那名男人的面孔，看這張在相機閃光燈下低著頭、神情複雜的側臉，鐵定是那男人沒錯。

友子讀起報導，原來這個男人曾是市議員。這幾年來，他一直致力於解決高齡者的照護問題，但當他遇到疑似失智而迷路的高齡婦女前來問話時，非但沒有幫助她，還甩開對方的手揚長而去。過程都由監視攝影機拍了下來，還被不具名人士傳到網路上，引發了軒然大波。友子等不及讀完報導便急忙打開電視，發現政論節目全在討論這名市議員。節目說男人出沒的公寓是情婦的住處，而那名未獲得協助的失智老婦，在附近的河川溺死了，過程講解得鉅細靡遺，還用模型示意。老婦儼然是從橋上不慎墜河身亡。

墜河溺斃的老婦跟友子長得一點也不像，但穿著打扮卻和監視攝影機拍到的一模一樣，因此政論節目直接把她們當成了同一個人。

友子打開手機，想打電話給桐惠。然而，她卻找不到桐惠的來電紀錄和通訊錄資料；連寄回戲服時的宅配收據，原本明明收在錢包裡的，卻也不翼而飛。友子雙腿一軟，跌坐在地。難道根本沒有桐惠這個人？友子絞盡腦汁回想自己是在哪裡認識她的，然而即便真的想起來，她對自己的記憶也沒有絲毫信心。

對了，泡溫泉時不是有合照嗎？友子靈機一動，趕緊起身。照片跟當初桐惠拿給她時一樣，用透明保護袋裝著，原封不動收在抽屜裡；然而，每張照片裡，笑著與她親密合照的女人卻是名陌生人。友子嚇得尖叫，把照片扔到地板上。

自己的記憶愈來愈不可靠了，可是……友子疑惑地望向電子金魚，那是桐惠放在這裡的金魚。當時明明覺得它很可愛，如今一瞧，那雙圓滾滾、好像沒在注視任何東西的「眼睛」，根本一直盯著她。擺在靈堂前的水藍素色信封平凡無奇，看起來到處都買得到。友子把信封倒過來搖一搖，一萬日圓真鈔輕飄飄地灑落在客廳，代表她真的有去打工，這令友子陷入了絕望。

電視裡，正在播放老婦溺斃的那條長河。到河邊採訪的記者似乎碰巧發現了什麼，他的聲音非常激動，高喊著這可能是溺斃女子所穿的鞋子。那是一隻輕便運動鞋，後跟的部分都被踩扁了。友子心想，穿這雙鞋子的人一定沒有解開鞋帶就把腳塞了進去，鞋帶已經發黑，吸飽了水，看起來解不開。友子總是遵照鞋店所教的方法穿鞋，絕不會把後跟踩扁，而且每次都重繫鞋帶，下雨天穿完還會把鞋面擦乾淨。不論穿多少年，友子的輕便運動鞋都不會像這隻落入河裡的鞋子一樣破爛。

所以——所以這個人就該死嗎？友子左思右想，總覺得她的死並非偶然，而且肯定跟自己有關。

友子雖然是獨居老人，至今也經常感慨自己孤單寂寞，但還是隱約覺得有人掛念著她。如今她真的只剩一個人了，因為就連想傾訴「這十萬日圓真是害人不淺」，也沒人聽她說話了。

§

到了和桐惠約好一起吃午餐的那天，友子懷抱著一絲希望出了門。兩人約在一間義大利餐廳，餐廳位在住宅區裡，非常難找，再加上沒有掛招牌，除了熟客根本不會發現那是一間餐廳。友子已經來過好幾次，因此毫不遲疑地打開了門，結果已經沒有座位了。店裡裝飾了許多氣球、鮮花，天花板上垂掛著五彩繽紛的三角旗。店員慌慌張張地跑來門口，低頭致歉。
「抱歉，今天已經被包場了。」
友子報上桐惠的名字，表明有預約。裡頭的客人見生日蛋糕登場，頓時歡聲雷動，友子說明時只好提高音量。「這樣啊。」店員尷尬地笑了笑，翻開本子查詢，卻找不到桐惠的名字。友子不肯罷休，說可能是自己記錯日期了，請店員再看看其他天是否有預約。然而店員往後翻閱，還是沒有桐惠的名字。
「沒有客人叫這個名字耶。」
店員歪著頭。
「怎麼可能！」
友子不禁大叫。
「上個月我才和桐惠在這裡吃飯啊！」
友子慌忙打開自己的行事曆給店員看，上頭寫著這家店的名字，下面標示了「和桐惠吃午餐」。面對友子的質詢，店員無奈地將本子往前翻，但那天也沒有桐惠的名字。

「抱歉，我不記得有客人叫這個名字。」

聽店員說完，友子啞口無言。身後的人們已經唱起了「祝你生日快樂」。在友子眼中，這一切都很莫名其妙，包括氣球、三角旗、歌聲和店員的笑容。友子想回家，但她知道回家後自己只會更徬徨，因此絕不能打退堂鼓。如果根本沒有桐惠這個人，難道是她瘋了嗎？

「就是那裡啊！」

友子指著一名穿粉紅色洋裝的女孩。

「我平常都坐那裡啊！」

女孩被友子氣急敗壞地指著，露出害怕的表情望著她。不知不覺間，生日派對的客人全都沉默地盯著友子和店員。

店員向客人們低頭致歉，試圖帶友子離開店裡，彷彿友子見不得人一樣。自己一被趕出去，那些客人就會像按下播放鍵，若無其事地繼續開派對吧。友子的手臂被年輕店員用力抓住，氣得火冒三丈。

「不要碰我！我是客人，為什麼要遭受這種待遇！」

友子大喊，聲音響徹全店，眼裡噙滿了淚水。

§

在派出所等兒子英雄來的這段期間，巡警遞了茶水給友子。茶水溫溫的，應該是從私用保溫瓶倒進紙杯裡的。結果，店員聯絡了警察，將友子帶到這裡。因為店員所說的話較可信，結論就變成友子因為年紀大而記憶錯亂了。

友子有兩個兒子，老大住得很遠，老二則住在車程約三十分鐘的地方，正趕過來。

友子決定在兒子來之前，將事情的來龍去脈說給巡警聽。包括拍電影打工的事，以及好巧不巧老婦墜河過世的事。巡警面色平靜地邊聽邊點頭，但一看就知道不信友子說的話，然而友子還是拚了命解釋。

「都是我害的，如果我沒接下那份打工，她現在一定還活著。她就不會、不會——」

友子腦中浮現在電視上看到的輕便運動鞋，那隻濕答答且發黑的鞋子。

「就不會像垃圾一樣被拋在河邊慘死了啊！」

友子將一直不敢說出口的話一股腦地吐出，這才發現原來自己對這件事耿耿於懷。

「妳想太多了，墜河案不是妳引起的，而且那已經結案了，死因是意外。」

「我知道，但真的是我的錯。」

友子不斷重申。

「但看來根本就沒有桐惠這個人啊。」

「真的有，我們一起吃過飯、喝過茶，她還來過我家，都是真的。警察先生，請你一定要相信我。我們還一起泡過溫泉——」

友子說到這兒頓時語塞，因為她想起了自己和陌生女子笑嘻嘻的合照。友子知道，如今不論說什麼都沒有用了。巡警雖然耐著性子聽友子訴苦，但壓根不相信她。如果自己再年輕一點，別人是不是就會信了呢？還是說，自己真的跟大家所想的一樣，已經失智了呢？

英雄來了，友子總算能回家了。兒子邊開車邊說：

「我在開會時接到電話。」

見友子沉默，他沒好氣地抱怨了一句「受不了」，接著低聲道：

「怎麼辦？」

英雄似乎懷疑友子得了失智症，表示明天就請小千帶她去醫院。

「小千是誰？」友子問道。

英雄一時語塞，直直地凝視著友子：

「妳忘記千繪子了？她是我老婆啊。」

「哦，你是說千繪子啊？」

「不然還有誰？」

友子覺得兒子的口氣愈來愈刻薄。

「受不了。」

英雄啐道，聲音比剛才更冷漠了。

§

隔天，友子被千繪子帶到醫院，重複做了各種相同的測試，做到她都厭煩了。

請把「貓、手鞠球、電車」這幾個字背下來，然後從一百依序減掉八。友子努力計算數學，醫生又突然要她回答剛才背下的三個字，彷彿算數的答案根本無所謂。

「貓、手鞠球、電車。」

回家泡澡時，友子下意識吐出這個無意義的字串。

根據醫生的診斷，友子現在應該還沒失智，但也不能完全排除可能性。媳婦千繪子用智慧型手機錄下醫生的話，似乎是之後要拿給老公聽。或許是顧慮到錄音，醫生講話吞吞吐吐、語帶保留，不停兜圈子重複解釋同樣的事情。

友子認為大家說她小題大作，不過是圖個安心罷了。義大利餐廳的店員、巡警、兒子英雄、英雄的老婆千繪子、醫生，大家就像在玩抽鬼牌，忙著把友子塞給其他人負責，最後友子只能孤伶伶地回到獨居的家裡。換言之，她就是那張鬼牌，這幾天發生的事令她不得不這麼想。原來自己被這個世界排擠了。如果這才是現實，那之前的生活算什麼呢？難道那才是假的嗎？

泡完澡後，友子喝著蘋果汁，突然覺得有人在看她。照理說客廳並沒有其他人，卻彷彿有人盯著她。友子回頭一看，與桐惠留在客廳的金魚四目相接，金魚正用它圓滾滾的「眼睛」凝視著她。友子已經不敢肯定是否有桐惠這個人了，但這條金魚不就是證據嗎？友子想起已經好一陣子沒幫它充電了，趕緊把金魚撈起來。在義大利餐廳、派出所和醫院所經歷的種種已經模糊不清，彷彿從未發生過，然而友子掌中活蹦亂跳的金魚卻栩栩如生，跟真的沒兩樣。

有一瞬間，友子覺得如果讓巡警看這條金魚，對方或許會相信她，但隨即就打消念頭。她已經不想再被冷眼以對了，不管是桐惠、拍電影還是溺斃老婦，都當做沒發生過吧。這些遭遇是自己和這條金魚的祕密，而總有一天，她也會忘得一乾二淨。

充電完畢後，友子將金魚放回水中，金魚也如魚得水般，輕盈自在地游著泳。我也當回原本的自己吧，上熱瑜珈課，和書法課的同學共進午餐，買一直想要的寶藍色皮草套裝。看著金魚，友子如此打算。

§

三樓的水果甜點店裡，友子正在享用哈密瓜聖代。她剛和熱瑜珈課的同學道別，又不想立刻回家，便繞到店裡品嘗這個月剛發售的季節聖代。

坐在鋪著白色椅套的座位上，透過玻璃落地窗俯瞰從車站冒出的人潮時，友子發現有一位年約十五歲、身穿制服的女孩，呆呆地坐在地板上。她一頁頁翻著手上的紙，上面不知道寫了什麼。一名年輕男子上前搭訕，女孩懶得理他，連看都不看一眼，男子只好自討沒趣地離開。從這扇窗看不到紙上寫了什麼。

友子心想，看不到也好。畢竟有過桐惠的前車之鑑，還是別和陌生人扯上關係比較好。今天就早點回家，試試看瑜珈課教的動作，據說對身體的負擔比較小，還能有效鍛鍊肌肉。友子想著想著，把最後一顆栗子塞進口中。

離開店面，來到馬路上後，剛才見到的女孩像洋娃娃一樣伸直雙腿趺坐在地上。她手上的紙張印著橫線，應該是從筆記本上撕下來的，上面有一行淺到快看不到的原子筆字跡，寫著「請收留我一晚」。和剛才不同，她疲倦地垂著頭睡著了。友子走近一看，女孩卻忽然抬頭，直直地盯著友子。那雙淺褐色的瞳孔對準友子的臉後，發出了小小的喀嚓聲，瞳孔裡好像有什麼東西閃了一下。友子不由自主地後退，迅速鑽進人群，拔腿就跑。

然而，友子卻遲遲沒回家。一想起剛才的女孩，她便難以釋懷。她覺得應該收留女孩一晚，但一想到桐惠的事便如鯁在喉，令她非常難受。那女孩不管怎麼樣，都與自己無關，即便她被人發現變成一具屍體而登上新聞也一樣。一想到這兒，友子便作嘔，只好停下腳步。她想起了在河邊溺水身亡的老婦。

再走一段路，就會抵達桐惠告訴她的天然手工皂與沐浴鹽專賣店；當時她對桐惠深信不疑。兩人到底是怎麼變得那麼要好的呢？一切都太自然了，自然到友子一點也回想不起來經過。友子從小就容易相信人，對她而言那就像呼吸一樣自然，但如今卻連相信一個小女孩都變得困難重重。想來，那間店賣的東西不也都像桐惠一樣，終將消失得無影無蹤嗎？

「啊，有了。」友子靈機一動，給她錢不就好了嗎？幫那女孩出住宿費，她就有地方棲身，自己也不必為了她而耿耿於懷。

回到車站前，女孩依然穿著同一套制服待在那兒，但手上已經沒有「請收留我一晚」的字條了。友子遞出一萬日圓紙鈔，推給女孩說：「拿這些錢去住旅館吧。」但女孩不肯收。

「那樣違規。」

女孩說道，卻沒解釋是誰、又是為了什麼而定下規矩。

女孩將白色薄襪推到了腳踝，捲成圓圓一圈，友子在學生時代也是這樣穿襪子，令她覺得懷念。我年輕的時候——如今可能不會有人信了，但我真的年輕過。而眼前女孩的雙腳，就跟以前的自己一模一樣。

友子望著女孩的臉，露出笑容。

「阿姨，妳就收留我嘛。」

女孩親暱地呼喚友子，等友子回神，才發現「好啊」已經脫口而出了。

§

「好啊」這句話大概有魔法吧。店裡琳瑯滿目的商品令友子驚訝又新奇，原來肉、麵包、蔬菜的組合可以如此繽紛多變。光是與年輕女孩一同逛街，就讓友子覺得重返青春，連原本跟自己八竿子打不著的東西，她都忍不住一探究竟。

女孩自稱小露[2]，與年紀足以當她阿嬤的友子十分投緣，兩人搭電車時，話匣子一直沒關上。回家後友子煮了涮涮鍋，兩人飽餐一頓後意猶未盡，又吃了蛋糕，用餐時依然天南地北聊個不停，但都是在閒聊。像是小露班上流行的遊戲、漫畫、書、電動，以及朋友的慘痛經驗、化妝品、點心，抑或是現在學校有哪些社團、週刊八卦、偶像話題、水耕蔬菜的栽種、木星探測火箭，還有哪裡的米最好吃、家裡有哪些電器產品、什麼樣的減肥法最有效等等。

十二點過後，兩人終於睏了，友子在自己的床邊鋪了客用的床墊和棉被，

2 譯註：雫，取「露水」的涵義意譯成「小露」。

小露窩在裡頭睡著了。今天才剛認識的人就睡在一旁，令友子有種似曾相識的感覺。

小時候每逢過年，家裡就會出現許多沒看過的人來喝酒留宿。友子當時還是小學生，半夜醒來總會看見拿坐墊當枕頭的大人們，東倒西歪地躺在一起，而父母也睡得像死魚一樣。屋外夜色即將褪去，在安詳的新年氛圍裡，友子覺得自己也是這個除舊布新世界裡的一員。有人睡在一旁，令她無比安心。

友子鑽進被窩後，很快就睡著了；當她再次醒來時，已經過了半夜三點。她隱約聽見客廳傳來水聲，起身後一看床邊，小露的棉被和床墊已經摺得整整齊齊，堆在房間角落了。

友子走到客廳，打開凸窗，窗簾隨風飄起。或許是月色皎潔吧，即使沒開燈，房間的模樣仍能看很清楚。友子仔細一瞧，有隻戴著紅色項圈的白貓，正把手伸進金魚的魚缸裡。友子大吃一驚，貓眼明手快地撈起金魚啣在口中，從打開的凸窗輕巧地溜到昏暗的屋外去了。

走近貓離開的窗戶，友子發現小露蹲在房間角落。她看起來像在睡覺，眼睛卻是睜開的。

「金魚呢？」

友子愣愣地問道。

「回收了。」

小露不再像昨晚一樣熱情，而是用剛見面時那種冷淡的語氣回答。

「回收？」

「裡面有攝影機和錄音機。」

所以桐惠才會再三叮嚀要充電啊。一想通這點，儘管事到如今氣也沒用，友子仍然一肚子火。先是耍她還不夠，竟然還繼續監視她。

「妳認識桐惠吧？真的有桐惠這個人，對吧？回答我！」

小露凝視著氣急敗壞的友子，接著問道：

「這對友子阿姨來說，很重要嗎？」

全部都很重要。不論是桐惠、金魚，還是這個女孩，即便會喚起老婦過世的駭人記憶，但對友子而言，這些都是她連結這個世界的證據，她不要當做什麼都沒發生過，糊里糊塗地活著。在友子的觀念裡，不論好壞都得經歷，那才叫做生活。

為了不忘記溺斃的老婦，為了謹記桐惠曾經欺騙她，友子希望至少能把金魚還給她。對現在的友子而言，只有這些痛楚能讓她覺得自己活著。

但小露卻爬到了凸窗上。她穿著友子的輕便運動鞋——那雙拍電影時，不小心穿出門的紅底金線運動鞋。

「這個我就帶走囉。」

小露話才說完，不等友子回答，便輕巧地一躍而下。這裡雖然是七樓，但友子覺得女孩大概會安然無恙。從窗戶往下看，白貓與小露正要通過轉角。小露抬頭朝友子瞥了一眼，隨即無影無蹤。她的臉上掛著非常燦爛的笑容。

看看時鐘，現在才三點半。魚缸裡只剩下水，水面已不再搖晃，四下靜悄悄的，彷彿一切都沒發生過。窗外的街道仍在沉眠，但已有零星的燈火，應該是有人一早就要工作吧。路上散亂著像食物的垃圾，可能是醉漢亂扔的。友子望著昏暗的街頭，突然想起自己也是這條街的一員。

§

後來友子再度拜訪了那家義大利餐廳，但它似乎搬遷了，原址看起來已不再是店面。如今友子走在街上，仍會三不五時見到那雙紅色輕便運動鞋，那帶有金色流線的鞋子，彷彿電子金魚在游泳，擺動魚鰭，在街道裡穿梭，像在告訴友子——她所感受到的一切，包括不安、恐懼、興奮和悲傷，都是貨真價實的。每次見到那雙鞋，友子便想起過世老婦的鞋子。對於自己還活著這件事，友子感到煎熬、感激又歉疚，但日子還是得過下去。

一如那女孩來取回金魚，或許這就是友子應盡的義務吧——別再飾演老貴婦了，試著發出真實的聲音吧，總之先從練習如何小小聲地笑做起吧。無人監視的廚房裡，孤獨的友子在街頭明媚的陽光下，發出了來自內心的快樂笑聲。

4
聲音

中島自從星期二下午早退以後，就沒有來過學校了。在那之後的星期三、四、五他都請假，班上同學不知道他為何沒來，但也沒人討論。中島在班上就是這麼一個毫不起眼的人。

中島消失了大約一個月後，某天早上開班會時，班導師拉著一輛裝著東西的推車進入教室，突然談起了中島。大意是中島之所以不來上學，是因為受到霸凌。同學們毫無反應，只是沉默地聽著，畢竟，如今追究這些又有什麼用？不過，倒是有幾名學生轉頭瞄向土屋，但土屋一直閉著眼睛，大概在睡覺吧。

「所以呢，今天起，就由它來代替中島上課。」班導師說完，從一旁的推車上奮力抱起一個黑漆漆的盒子，砰地一聲放到講台上。那是一個大小剛好能用雙手環抱的長方形盒子，看起來是鐵製的。盒子某一長邊的側面上有兩個洞，洞裡嵌著像玻璃一樣閃亮的東西。講台上這個突兀的鐵盒，令全班一片嘩然。

「十一公斤。」

明明沒人問多重，班導師卻得意洋洋地說道。疑似在後面睡覺的土屋也終於睜開眼皮，瞇起眼睛盯著擺在前面的盒子。

「換句話說，大概有千兩寶箱[1]的一半重吧。」

這根本就不好笑，班導師說完卻咯咯地笑了起來。

「其實我也是一頭霧水，但國中畢竟是義務教育，所以中島也有上課的權利。」

聽著班導師沒頭沒腦地說明，同學們竟一反常態地專注。班導師也很驚訝學生們竟然這麼認真聽他說話，因此聲音比平常更洪亮了。

1 江戶時期用來保管金貨幣（小判，一枚為一兩）的箱子，裝滿的情況下，一般大概是二十多公斤重。

「要大家從今天起把這個盒子當成中島，應該會覺得莫名其妙吧。其實旁邊這個像眼睛一樣的部位是攝影機，連接著中島房間的電腦。這麼一來，中島就能待在房間裡，和教室裡的同學一起上課了。」

教室裡響起一片「哦～」的喧嘩聲。盒子的眼睛從講桌上盯著在座的同學們；知道有攝影機在拍的學生，有的揮手，有的探頭探腦，有的把臉遮住。接著，又有好幾個人瞄了瞄土屋的表情，因為霸凌者本人正是土屋。

「大家看也知道，這個盒子無法自己移動，所以需要有人照顧它。」

班導師踮起腳來看向坐在最後面的土屋。

「土屋。」

突然被點名，靠在椅子上的土屋向後一躺。

「啊？我嗎？」

土屋指向自己，班導師點了點頭，招手要他到前面來。

「包括上下學、換教室，都由你來負責。」

班導師說完，便把鐵盒奮力抱起，交到土屋手上。盒子比土屋想像的還要重很多。

土屋回想起星期二午休時，在垃圾焚化爐前揍了中島。那一拳沉重的觸感，頓時在手中復甦。挨揍的中島怨恨地抬頭瞪他，但當土屋與中島四目相接後，中島卻又若無其事地假裝在看校舍屋頂。這傢伙是白目嗎？土屋對此感到非常不爽。中島被揍卻死不求饒的態度，令土屋一肚子火。這傢伙是白目嗎？這傢伙是白目嗎？土屋在心底不斷大叫，按捺著想再揍他一拳的衝動。但中島卻始終望著屋頂，彷彿眼前根本沒有土屋這個人。

包含那次在內，土屋一共揍了中島三次，另外還有一些小衝突吧。但以土屋的角度而言，他揍人都是有原因的，絕對不是刻意霸凌。不過，要和眼前的班導師解釋實在太麻煩了，況且他也不覺得班導師會相信他。而現在更麻煩的是，因為盒子太重，土屋的手已經開始麻了。

§

班導師將盒子交出去後，揮手要土屋回到座位上。土屋抱著沉重的鐵盒，慢吞吞地走回自己的座位，那模樣非常滑稽，同學們都憋笑看著土屋。

「對了，還要帶它去上廁所喔。」

班導師忽然想起來似的，在土屋身後喊道。

「廁**所哦**～？」

土屋的破音令全班哄堂大笑。

「盒子背面不是有個小洞嗎？那裡會有尿之類的東西跑出來。」

尿之類的東西是什麼啊？到底是不是尿？土屋想向班導師問清楚，但因為盒子得上廁所實在太過荒唐，令土屋的腦袋一團混亂。

「盒子若像發抖一樣震動，那個時候就要帶它去廁所。」

班導師說得一派輕鬆，土屋卻十分不安，擔心每天都得帶它去上廁所。人一天可是要跑好幾趟廁所耶。

「如果不帶它去上廁所會怎樣？」

「會向你噴尿。」

全班一聽班導師的話，都笑得東倒西歪，唯獨土屋笑不出來。班導師因為逗樂大家，自己也跟著笑了。土屋低頭望著手中的神祕鐵盒，覺得現在身處的教室變得好陌生，內心非常無助。

§

中島的盒子就放在土屋隔壁的座位。那裡原本並不是中島的位子，是班導師刻意調整，讓隔壁空下來放中島鐵盒的。班導師還交代要在盒子底下墊東西，讓中島的角度看得見黑板，土屋無奈之下，只好把剛買來的漫畫雜誌塞到盒子底部，突然間，盒子發出尖銳的警笛聲嗶嗶作響，土屋立刻鬆手放開鐵盒。聲音馬上就停止了，土屋卻心有餘悸，連班導師似乎都嚇了一跳，急忙查閱手寫的說明書。

「原來中島能發出聲音。」

班導師咕噥道。

「剛剛那是中島的訊號。」

班導師抬頭對土屋解釋。儘管現在科技發達，機器也能說話，但中島不知道為什麼，刻意選擇了用警笛聲來表達訊息。

「中島的意思大概是不必挪動角度吧？」

班導師說道。

「是嗎？」

土屋壓根就不相信，更何況根本沒有人能證明這個盒子連接著中島。但班導師卻一本正經地詢問鐵盒。

「中島，你是這個意思對吧？角度這樣就可以了嗎？」

同學們都默默看著班導師和盒子說話。

「中島好像不在。」

班導師看了一下同學，像在為自己辯解。

忽然間，盒子輕輕地震動起來。

「土屋，這是要上廁所！」

不等焦急的班導師喊完，土屋立刻抱起盒子，拔腿衝出教室。畢竟剛買來的漫畫雜誌千萬不能弄濕！奔跑時，土屋一直擔心會不會有液體滲出來，他不希望自己的身體被沾到，所以儘量讓盒子離身體遠遠的，但這麼一來，跑步時就只能靠手臂支撐盒子的重量，這些亂七八糟的事情讓土屋都快瘋了。好不容易衝進男生廁所，土屋將盒子翻來覆去尋找小孔，還真的找到一個五公釐左右的洞，並將洞對準小便斗。維持這個姿勢對土屋來說很辛苦，但他更希望盒子能尿準。他不耐煩地催促：

「喂，快尿啊。」

話才說完，盒子真的發出了令人害臊的噓噓聲，溫熱的金黃液體流進了小便斗。這也太逼真了吧？土屋不禁甘拜下風。盒子看起來已經尿完了，土屋奮力抱起十一公斤重的鐵盒，拿衛生紙把洞口擦乾淨。

下一堂是體育課。班導師說不必幫盒子換運動服。土屋原本以為這下不用動手，應該樂得輕鬆，結果卻大錯特錯。偏偏這天是上桌球課，照理說中島是個盒子，頂多只能在旁邊觀看，但體育老師卻理所當然地喊：「來，下一個，中島。」催促土屋搬著盒子到球桌前。土屋抱怨他雙手捧著盒子，沒辦法拿球拍，反倒惹惱了體育老師。或許老師也是被迫幫盒子上課，所以有點不耐煩吧。只見體育老師拿粉筆在鐵盒上畫了一個球拍，強辯說：

「那就把這個當成球拍來打。」

那可是有十一公斤重，也有一定的厚度的鐵盒啊！抱著這樣的鐵盒跑步不可能追得上球，就算追上也來不及揮拍，根本打不中。鐵盒的尖角割傷了土屋的手臂，已經流血了；大腿也不小心撞到，瘀青了。但是，都已經受傷了，旁觀者卻還連連叫好，令土屋怒火中燒。一開始土屋邊咒罵邊用力揮動鐵盒，但漸漸覺得這根本是在整人。土屋愈想愈生氣，這分明是在霸凌他！

太荒謬了！但最令他無法接受的，是午休的用餐時間。明明橫看豎看都是個盒子，但每到十二點，頂端的鐵板會冒出一個邊長五公分大的正方形開口，接著他就得把一種叫做ＭＩＫＩ的飲料倒進去。學校旁有一間開了很久的麵包店，店前的自動販賣機就有賣ＭＩＫＩ。自動販賣機的飲料大多沒在電視廣告上出現過，但因為比便利商店便宜，又比較近，因此學生們很常光顧。其他飲料都只要一百日圓，只有ＭＩＫＩ要一百五十日圓。罐子上註明那是用米發酵而成的果汁，但土屋從來沒有喝過，甚至沒看過有人買。他打開鋁罐上硬邦邦的拉環，小心翼翼地把果汁倒進盒子的開口。將一整罐甜甜黏黏的液體倒完後，再闔上蓋子。土屋觀察了一會兒，聽見了微弱的嗡嗡聲和馬達聲，大概是正在消化吧。

上課時土屋不是忙著拿課本給盒子看，就是幫它調整望黑板的角度，只要一丁點震動就擔心它是不是想上廁所，根本沒有自己的時間。這是整人嗎？隨著時間過去，被迫照顧盒子的土屋愈想愈覺得荒謬，但周遭的人卻漸漸習慣與鐵盒為伍的土屋。對土屋而言，比起鐵盒本身，大家的反應更加荒唐，才半天時間，鐵盒便成為土屋的一部分了。

§

中島家比土屋家遠很多，就在土屋捧著盒子走路，已經快要撐不下去的時候，終於找到了中島家的房子。那是一棟透天厝，米色的牆壁搭配深綠色的屋頂，車棚內沒有停車，柵欄上掛著三色堇盆栽。抬頭一看，二樓陽台也掛著花的盆栽。二樓房間的黃格子窗簾緊緊拉上，土屋心想，中島應該就在裡面。按下門鈴後，一名看起來像中島媽媽的女人喊著「不好意思～」，帶著笑前來應門。「很辛苦吧？」她慰勞道，卻不打算接過盒子。

「不好意思，可以幫我把它放到那邊的長椅上嗎？」

土屋依照指示擺好盒子，一回頭，中島媽媽已經不見蹤影，大門也關上了。

土屋覺得有點火大，不是因為她一聲不響就離開，而是她竟然把中島的盒子隨便扔在院子裡，令人憤慨。那是妳兒子的分身，不是應該先讓他進屋去嗎？土屋為盒子打抱不平，像這樣扔在室外，萬一他發抖想上廁所，誰帶它去小便？土屋快氣炸了，他想起中島被揍後那倔傲的表情，那張臉彷彿在嗆他：「就算你揍我，我也沒差。」哪裡沒差了？土屋揮拳時心想著。

他覺得中島很可憐。把它扔在這裡的話，今天一整天好像都白照顧它了，但他也沒有力氣再把盒子抱回自己家。

「明天我再來接你。」

土屋對鐵盒沒好氣地說道，轉過身去時，盒子傳來一聲極為短促、沙啞的嗶聲。那一定是盒子發出來的。土屋不禁抬頭望向二樓，儘管窗簾緊閉，但他覺得中島就在看他。跟在焚化爐前時不同，這次是直直地低頭盯著他。土屋突然有點受不了中島的視線，趕緊把目光移開。中島盯著我的時候在想什麼呢？因為未知，所以恐懼。土屋不敢再看，開始朝自己的家前進。

走著走著，他卻恍然大悟。那天在焚化爐前，中島之所以望著校舍屋頂，原來是不敢和我眼神相接啊。中島並不曉得我在想什麼，連我為什麼揍他都不知道。他那時候也跟現在的我一樣，陷入一團混亂裡，卻拚命保持冷靜。回頭一望，二樓窗戶的窗簾似乎有些搖晃，土屋覺得那是中島在對他說：「沒錯。」

§

中島的盒子比他本人受歡迎，一早就有同學刻意對著盒子的鏡頭說早安，就連從沒和中島本尊打過招呼的女生，也排隊搶著在鏡頭前擺姿勢。土屋心想，中島在房間裡見到這一幕，不知作何感想？但擺姿勢的女同學們顯然沒顧慮這麼多，只是憑著衝動想在鏡頭前秀上一番。

就連其他班級或其他年級的學生也想一睹中島的廬山真面目，只要土屋一不注意，就有人來搗蛋，在上面貼貼紙或塗鴉，因此一刻也不得鬆懈；還有人因為不曉得盒子的構造，惡作劇在進餐用的開口上貼貼紙，光是要撕乾淨就夠麻煩了。不過，某次有人貼了蘋果電腦的貼紙，這讓土屋覺得好像只有自己擁有新型蘋果產品，就乾脆讓它貼了一會兒。

可是中島似乎不太滿意貼的位置，一早土屋去迎接他時，蘋果電腦的標誌已經被撕下，改貼到其他地方了。畢竟是撕掉後重貼，貼紙看起來很不牢靠，隨時都會脫落，邊緣也黑黑地捲起來，就像纏在手指上很久的ＯＫ繃，令土屋覺得噁心。中島應該知道，貼紙一旦撕下來重貼就會像這樣弄髒，卻硬要調整貼紙的位置，讓土屋很想翻白眼。

土屋將搖搖欲墜的貼紙撕下，把盒子抱回中島家；到了隔天，撕掉貼紙的地方卻畫了一個蘋果圖案。大概是中島畫的吧？中島顯然沒什麼自信，線條都在發抖，形狀也歪七扭八，要不是之前這裡貼著蘋果標誌，恐怕不會有人覺得這是顆蘋果；但土屋並不討厭這個塗鴉。他覺得這個盒子既然是中島，有中島畫的蘋果也很正常，就沒有擦掉它。然而，再隔天去迎接盒子時，蘋果圖案卻消失不見了。這傢伙到底想怎樣啊？土屋覺得既心煩又沮喪，巴不得把盒子往地上砸。

土屋第一次揍中島，是國中一年級的時候。因為中島在土屋剛買來的白色球鞋底下塗了狗屎。土屋偶然撞見中島的犯罪現場，便拎起他的衣領，問他到底要幹嘛，等回過神來時，拳頭已經揮出去了。揍下去的那瞬間，土屋心想「完蛋了！」，因為他的眼角餘光瞄到中島的鼻血噴了出來，但他還是止不住憤怒。中島扔下盛怒難消的土屋，一溜煙逃跑了。現在回想起來，中島之所以這麼做，應該是跟朋友在玩什麼大冒險吧。土屋一年級時是所有新生裡塊頭最大的，有段時間還有人戲稱他為「巨人」。對巨人惡作劇，八成是在測試膽量吧。

可是自那以後，中島就連看土屋一眼也不敢。一見到中島怕他怕成這樣，土屋就會想起那天的憤怒，然後沒來由地發火瞪他。兩人的關係一觸即發，搞得學校人盡皆知。

土屋在校園霸凌的問卷上遭到點名，被訓導老師叫去問話。土屋老實承認自己揍過中島一次，當然也說明了原因。但老師翻閱資料後，卻說應該還揍了另外兩次。土屋非常驚訝，問說，是中島本人這麼說的嗎？但老師堅持不透露是誰，表明這是規定。

他明明只揍過一次，可是又有學生目睹，這肯定是中島在告狀時撒了謊。土屋瞥到老師的資料上印著「三次」，表示土屋揍中島三次已經變成了鐵錚錚的事實。土屋心想，既然如此，那就再揍中島兩次，否則豈不是很吃虧嗎？

土屋將中島叫了出來，向他放話說，畢業前會再揍他兩次。中島語尾上揚地「啊？」了一聲，這個反應令土屋理智斷線。這傢伙搞什麼啊？啊什麼啊？還撒謊誣賴他……一回過神來，土屋的拳頭已經揮向中島了。中島急忙閃避，土屋的拳頭只有擦撞到他的下顎。面對神色驚恐的中島，土屋撂下狠話：你還欠我一拳。中島先是面色不甘地摀著下巴，隨即害怕地望著土屋。

從那次之後，中島每次一見到土屋就落荒而逃，在旁人眼中，簡直就像卡通人物逃跑一樣，雙腳變成一團漩渦。同學們當然不可能錯過這種好戲，畢竟那就跟「湯姆貓與傑利鼠」一樣有趣。中島實在太會逃了，因此當土屋在焚化爐前偶然逮到中島，自然不可能放過個機會，狠狠賞了他一拳。

土屋不曉得中島為什麼不再來學校，他以為拳頭已經還完了，中島也沒有必要再逃。他很想問中島原因，但他現在只是個盒子，也沒辦法與他詳談。

土屋心想，說不定……說不定是他誤會了。搞不好根本不是中島說他被揍三次，而是老師從旁人模糊不清的證詞中推導出結論。如果是這樣，對中島來說，土屋等於是莫名其妙找碴。土屋只想揍他三拳，但對方或許以為這種暴力會永遠持續下去。

土屋想起中島抬頭望屋頂時的臉。他的臉上沒有不甘，沒有恐懼，而是毫無表情，像在拒絕透露心事。硬要譬喻的話，大概比較像是絕望的神情吧。原來我把中島逼到這種地步了啊……那樣的話，自己能為中島做些什麼呢？

盒子微微震動起來，土屋不慌不忙地將盒子夾在腋下帶去廁所，熟練地協助盒子小便。他用衛生紙仔細地來回擦拭，問道：

「喂，中島。」

這是他第一次主動找中島說話。

「是我誤會了，才害你怕成這樣。」

盒子沒有任何反應，但土屋仍繼續往下說：

「我們是不是應該好好談一談？」

土屋提起他被老師叫去問話的事，莫名其妙被栽贓揍了中島三次的事，還有他覺得沒有真的揍三次會很吃虧的事。

「但你又不知道這些，從你的角度看來，只會覺得我無緣無故找碴吧。就跟我現在要這樣照顧你一樣，令人一頭霧水。」

土屋話才說完，盒子便顫抖起來，他覺得這並不是想上廁所的訊號，但以防萬一，他還是把洞口對準小便斗。盒子只顧著顫抖，並未尿尿。土屋對盒子說：

「你一定很害怕，對吧？」

發抖的盒子看起來像在哭。

「我也很害怕。」

震動傳到土屋手上，土屋終於講出了真心話。

土屋照顧盒子一事傳遍了整座校園，連一年級生都有耳聞。大家都認為那是對土屋的懲罰，還謠傳霸凌別人就會遭受那種待遇，校園霸凌事件也真的大幅減少了。土屋明白這是在懲罰他行使暴力，但還是覺得滿肚子委屈，回家吃飯的時候，他都想嚎啕大哭或大鬧一場。儘管如此，每當早上去中島家，見到盒子和昨天一樣孤伶伶地擺在玄關前，上面放著一百五十日圓的MIKI飲料錢的時候，他便覺得被揍的中島也一樣在挨罰，彷彿有股不可抵抗的強大力量，將他們玩弄於股掌之間。

他倆——土屋和中島，宛如在暴風雨中共乘一艘船的落難兄弟。不，對現在的土屋而言，中島與其說是落難兄弟，更像是漂浮在海上的救生圈。在學校這片汪洋裡落單的土屋，只能緊緊抓住中島這個盒子。

「我真的很害怕。」

土屋又說了一遍，盒子的震動停止了。接著連續響起三下警笛聲，音高各不相同。在土屋耳中，聽起來就像在說「我也是」。

§

畢業旅行的地點是京都，其中一天要搭觀光計程車。每五人一組，可以自己規劃行程，坐計程車瀏覽京都的大街小巷，換句話說就是自由行動，因此同學們的興致都特別高昂，但土屋對此卻悶悶不樂。土屋和中島盒子綁在一起，再加上兩個女生，以及土屋從來沒講過話的乾健司，共五個人一組。

行程在女生的主導下逐漸成形，看似隨和的乾健司只會說「不錯啊～」，於是女生們將土屋根本沒興趣的行程愈排愈滿，七嘴八舌地討論一定要租和服、吃八橋可麗餅；京都水族館的日式甜點超級可愛，那裡還有賣大山椒魚口香糖；地主神社可以做戀愛占卜，伴手禮一定要買吸油面紙……等。

到了當天，女生們嫌「盒島」麻煩，提議將它放在計程車後車廂。女生們好像都把中島盒子稱做「盒島」。

「乾也這麼認為吧？」

面對女生們的逼問，乾隨即說「放後車廂也不錯啊～」。土屋一聽簡直氣炸了，不禁在心底咒罵起來，什麼叫「盒島」啊？就算外型是個盒子，他也是班上的一員啊，怎麼可以塞進後車廂？這群傢伙有沒有同理心啊？「畢竟，這樣位子比較大啊。」「對嘛，而且話先說在前頭，我們就是覺得盒島占的空間比較小，才選擇這一組的喔。」當初忙著排隊擺姿勢的女生們，現在就當盒島只是個盒子，兩人不顧土屋抗議，吵了半天也不肯妥協。被鬧得不耐煩的計程車司機終於忍不住插嘴：「不就是個盒子嗎？塞後車廂就好啦。」

不，它是人。土屋解釋道，司機一聽，用求助的眼神望著女生們。那眼神就像在問：他腦筋還正常嗎？

突然間，土屋懷裡的盒子竟然向女生們噴尿，這是它第一次沒有震動就尿尿。女生們哇哇大叫著連忙閃避，怒吼「噁心死了！」；乾望著這一幕，咯咯地笑了起來。土屋心想，幹得好啊，中島！司機則擔憂地望著他們，問道：「真的要讓這東西坐在車子裡嗎？」女生們勉強答應讓盒子擺在土屋的膝蓋上，但司機看起來仍不太放心。「不必用塑膠袋包起來嗎？漏出來可就糟了啊。」

不過，最後計程車還是發車了。

「我們只是想說擺後車廂可以讓土屋的座位寬敞一點，才提議的耶。」

後座的兩個女生還對此事難以釋懷。

土屋檢查了一下背包，裡頭有七罐要餵盒島的ＭＩＫＩ、一包濕紙巾、一卷廁用衛生紙、一盒普通的面紙，光是這些東西就把背包塞得滿滿的。

計程車的第一個目的地是和服出租店。女生們換上和服後，行為舉止稍微優雅了一點，但還是一樣毒舌。她們也讓乾穿上了羽織[2]，領口整理好後，活像個貴氣的公子哥。女生們也慫恿土屋換上羽織，說不換會破壞氣氛，但被土屋斷然拒絕。就在幾人爭論不休時，乾不知何時拿布巾包住了頭，還把和服衣

2　是一種長及臀部的日本和服外套，舊時用在禦寒，後來發展出裝飾豪華的禮裝。

襬撩起，說：「你們看！」他將中島的盒子像千兩寶箱一樣扛在肩上，擺出奔跑的姿勢，喊著：「怪盜鼠小僧[3]」「有像有像！」女生們大笑，連忙喀嚓喀嚓地拍照。

「你們不要拿盒島玩啦！」

土屋從乾手中搶過千兩寶箱，尷尬地發現自己竟然也跟著把中島叫成了盒島，但看來女生們和乾都沒察覺，讓土屋莫名鬆了一口氣。

離開和服出租店，一行人搭計程車前往三十三間堂[4]。參觀完金碧輝煌的大陣仗千手觀音群像後，接下來的行程是前往清水寺，徒步通過二年坂和高台

3 江戶時代著名的怪盜，因動作敏捷而被稱為鼠小僧。由於其「義賊」形象，在歌舞伎劇目中相當受歡迎，在各領域也有許多相關的延伸作品。鼠小僧的經典形象是扛著千兩寶箱在屋頂奔馳。

4 三十三間堂位於京都，正式名稱是蓮華王院本堂，主奉千手觀音，是日本國寶級的古建築。

寺前，再前往八坂神社及知恩院[5]。土屋原本想說是搭計程車，應該很輕鬆，想不到得走這麼多路，非常後悔把行程都交給女生們規劃。訂定行程的女生們自己也沒想到穿和服和木屐走路這麼不便，一路下來又痛又累、抱怨連連，卻依然有數不清的景點想跑，一會兒要買某模特兒在用的茶花油，一會兒又討論賣金平糖的店會不會很遠，好想吃吃看牛奶口味。

土屋將盒島扛在肩膀上慢慢走，像攝影師一樣讓中島的鏡頭能捕捉到沿途風景。突然，走在後面的乾提議「換我來扛吧」，土屋嚇了一跳，連忙搖頭。乾露出了「何必那麼吃驚」的表情，扭捏地補了一句：

「因為看起來很重嘛。」

一直以來，都沒有人說過要幫忙照顧盒島。乾露出天真無邪的笑容，從土

5 前述幾處都是京都熱門的觀光景點。

屋手中搶過盒島，扛到自己的肩膀上。

「還真重耶。」

看著盒島待在乾的肩上，土屋的心情頓時五味雜陳。一開始他鬧脾氣，氣盒島怎麼可以乖乖地待在別人的肩膀上，但漸漸地他發現自己的身體變得好輕盈，湧現一股解脫的感覺，並對於自己居然一直乖乖抱著這個沉重的鐵盒，感到非常不可思議。

女生們突然提議要去安井金比羅宮，那是原本的行程裡沒有安排的景點。土屋認為擅自行動不好而反對，乾則是一如既往地說「不錯啊～」，結果一行人還是去了。據女生們所說，那間神社以斬斷孽緣而聞名。

「不過，在那之前……」其中一名女生說道，另一名女生立刻用夢幻的語氣接下去「要先去買棉花糖～」。神社門口好像有一間賣巨無霸棉花糖的店。她們一人各買了一支，拍照上傳網路；土屋自己沒買，而是坐在路邊的台階上，呆呆地望著她們。女生和乾把棉花糖往前舉，露出笑容，不知道是在對誰笑。土屋望著小小的手機鏡頭，忽然想起盒島的眼睛。乾把盒島放在地上，眼睛的部分朝下。這樣的話，中島就只能看到一顆顆黑漆漆的柏油了。

真是不專業，土屋心想，正打算起身，身體卻停住了。現在負責照顧盒島的是乾，不是自己啊。於是他盯著盒子，又坐了下來。看乾開心拍照的模樣，應該是把盒子忘得一乾二淨了，而盒島正難過地趴在地上。我竟然會覺得它很難過，土屋對此苦笑了一下。盒子會難過嗎？地球上八成只有我，看盒子這樣會覺得它難過吧。一想到這裡，土屋突然有些害怕，怕自己是不是被洗腦了。有誰能保證不是呢？但又有誰能證明這個盒子真的是中島？

兩個女生和乾拿著棉花糖開始向神社走去。扔下盒島自己離開，有一瞬間讓土屋感到愧疚，但他還是斷然起身，與盒子訣別，然後朝神社前進，不再看倒在地上的盒子一眼。

「土屋，你在幹嘛啊？動作太慢啦。」

聽到乾嘹亮的嗓音，土屋舉手喊著「來了！」，趕緊追上去。他的聲音開朗得連自己都大吃一驚，原來這才是自己原本的聲音啊。

土屋像個小學生一樣，一路摸著金屬扶手、葉子、樹幹，細細體驗它們的觸感。葉子的觸感依種類而異，松葉的質地光溜溜的且富有彈性，握在手裡一下就滑掉了；不知道是什麼品種的心型樹葉，葉片很柔軟，一握在手裡便皺成一團。土屋的手彷彿急於接觸這個世界，忍不住把映入眼簾的東西全都摸一遍，各式各樣的觸感讓他覺得自己是自由的。女生們拿的棉花糖混和了粉嫩的綠色和橘色，好像隨時會輕飄飄地飛向空中。

參道上林立著不知是否真的在營業、宛如吸血鬼會住的摩鐵，穿過參道後還沒進入神社，遠遠就看到有人在排隊。隊伍盡頭有一個像巨大白色野獸的東西，靠近一看，應該是一塊岩石；據說只要把心願寫在符紙上，拿著符紙鑽過岩石中央敞開的洞穴，就能斬除孽緣；再從背後鑽過洞穴一次，就能求得新的緣分。而完成這項儀式的人，會將符紙貼到岩石上。小學上美勞課時，老師常用的特大罐漿糊就散亂擺在岩石後面的桌子上。土屋看著一位大約年過三十的女子，表情嚴肅地使盡力氣從罐子裡擠出漿糊，突然感到有些退卻。

「土屋，你看了嗎？」女生們靠了過來，面色凝重，口中唸唸有詞：「恐怖～太恐怖了～」她們應該是看了想斬斷孽緣的人所寫的繪馬，因為內容太沉重而不停重複著「好恐怖、好恐怖」。女生們口裡喊著「那真的超可怕的」，卻彷彿恐怖片看上癮，又跑向了繪馬。

因為斬孽緣石背部的輪廓很像動物，再加上貼得密密麻麻的白色符紙隨風飄動，看起來彷彿在呼吸。凝聚人們強烈願力的岩石，宛如擁有了生命，令土屋不敢直視，趕緊將眼神瞥開。看向排隊人潮，想不到有這麼多人都想斬斷孽緣，大家都在等著輪到自己。女生們似乎也想鑽鑽看洞穴，但洞的大小只能勉強讓一個人通過，穿著和服實在過不去，只好斷了念頭，改為大力慫恿土屋：「土屋你穿制服，就鑽鑽看嘛。」「難得來一趟，不派誰鑽一下不是很可惜嗎？」土屋拗不過女生們的歪理，或應該說，他覺得比起爭論，鑽過去還比較省事，無奈之下只好把錢投入箱子裡，拿了張符紙。

只要把心願寫在符紙上即可，格式不拘。大部分的人都是寫上想要撇清瓜葛的人的姓名。土屋心中浮現一直在腦海盤旋不去、倒在路上的盒島，但他沒有勇氣在符紙上寫下盒島，便模仿中島的筆觸，畫了一顆蘋果。「那是什麼？」「亂塗鴉嗎？」「小心遭天譴哦。」在後面看的女生們咯咯笑著。土屋畫的蘋果被咬了一口，形狀歪歪扭扭的，彷彿一滴眼淚。

土屋拿著符紙排進隊伍裡，愈接近岩石，他的心情就愈複雜，複雜到連自己也搞不清楚；他的心裡一直有個聲音，要他離開這個隊伍——現在還來得及，快跑回棉花糖店，然後把盒島帶過來。他回頭望向剛才走過的路，發現隊伍已經排得很長，參拜的人都在看他。土屋一見這麼多臉孔，只好打退堂鼓。

終於輪到土屋要鑽洞穴了，乾卻突然發出一聲怪叫。土屋從眼角餘光瞄到他整個人都僵住了，大概是終於發現自己扔下了盒島吧。明明不可能收在女生們的包包裡，乾還是東翻西找地搜尋鐵盒。土屋聽著乾慌亂的叫聲，像做電腦斷層掃描一樣把頭鑽進去，讓身體滑過冰冷的岩石。乾與女生們明明就在身後幾公尺處，土屋卻覺得離他們好遙遠。不論是那個鐵盒、班導師，還是不負責任的同學們，對土屋而言皆遠在天邊，令他深深覺得被牽制的自己很愚蠢。原來這就是自由啊，土屋感覺想笑。

然而才剛鑽到背面，土屋就看到了那些等著鑽岩石的人們等得不耐煩的臭臉。才以為獲得了自由，自由卻轉眼即逝。土屋被沉默的壓力推著跑，連忙鑽過洞穴回到原處。女生們和乾已經不見蹤影，大概是回到棉花糖店了吧。土屋將留在手裡的符紙貼到了岩石最不顯眼的地方，以動物來說的話，那就是貼在牠的腳上吧。土屋貼上去時，心想，這樣就再也見不到盒島了。

夕陽西下，女生們和乾呆呆地站在棉花糖店前。一見到土屋，女生便說：「盒島被人拿走了。」土屋心想著「不意外」，點了點頭。三人大概都以為土屋會氣炸，不禁鬆了一口氣，語調也恢復到平常的樣子：「怎麼會有人把那種東西帶走啊？」

回到旅館後，土屋向班導師報告盒子搞丟了，隨即和班導師出門向警察通報遺失。班導師費了好一番功夫才向警察解釋清楚盒子的來歷，土屋回程時還因此被訓了一頓，等到終於回到旅館，其他同學都已經吃完晚餐，收拾完畢了。只有土屋這組的飯菜被留在大廳正中央，以儆效尤。

女生們和乾都不發一語，或許是累壞了，但真正的原因是班導師說那個鐵盒價值三十八萬日圓。雖然沒有要他們賠償，但班導師也強調了好幾次：「你們整組都要負責。」

「可以買好幾支手機耶。」

但大家只是反覆咀嚼著乾巴巴的海藻、豆皮、蓮藕並吞下肚，沒有人對乾的吐嘈做出反應。

熄燈後，土屋鑽進被窩裡卻睡不著，於是悄悄伸出手，將背包拉到枕頭旁。面紙、衛生紙還有七罐ＭＩＫＩ都原封不動地收在背包裡，土屋打算找個地方把這些東西都扔了。雖然浪費，但七罐飲料實在太重了。土屋爬出被窩，端坐起來，決定喝一罐試試看。

他環顧四周，大部分的同學都睡得像魚市場裡條條排列的死魚一樣。至於那些咳嗽、翻身的人，大概也是睡不著吧。月光從窗簾縫隙灑落，映照在棉被和睡著的學生們身上，宛如一道道海浪。獨自端坐的土屋悄悄把ＭＩＫＩ飲料罐的拉環打開，稍微喝了一口。好甜啊。他看著同學們在月光下呼吸，總覺得自己沒辦法把整罐都喝完。同學們緩緩上下起伏的胸膛和肩膀毫無一絲防備，每個同學都重複著健康而規律的呼吸，這是在教室裡不曾看過的光景。

土屋忽然覺得人也沒那麼可怕。他好想和中島分享這份心情，但已經沒有辦法了；他自己把中島拋下了。突然間，某種不是飲料的東西湧上喉嚨，令土屋嚥不下罐中的飲料。不知不覺間，土屋竟發出了嗚嗚的呻吟聲，不知從哪裡冒出的大量灼熱液體，靜靜地滑落他的臉頰。睡在隔壁的乾忽然起身，問他：

「為什麼在哭？」

土屋這才發現原來那是眼淚。

§

新幹線回程的月台上，土屋突然說他不能回去，要留在京都尋找中島的盒子。班導師和訓導主任都慌了，拚命說服他一起搭車，但土屋非常頑固，不回去就是不回去。連柔道社的顧問都被找來，但還是無法將體型壯碩的土屋硬拖上車。直到發車時間，班導師都還在緊急地跟其他老師討論，大概是決定留下來繼續說服土屋吧。同學們貼在新幹線的車窗上，看事情會怎麼發展。土屋置身事外地望著這一切。他雖然說要去找盒子，卻也不知道該上哪兒找，只是憑著一股衝動就說出口了。

土屋面前，有一名年約十六歲，長髮綁成雙馬尾，穿著昭和復古洋裝的女孩，通過時發出巨大的喀啦喀啦聲。一看到那名女孩拉的行李，土屋「啊」了一聲。因為那上面捆著一個鐵盒，一看就是盒島。土屋連忙追上去，他知道班導師發現後，也追了上來，但他不能停下腳步。

女孩以飛快的速度在月台上直線衝刺，完全沒有回頭，就連身為男生的土屋要跟上她的腳步都很吃力，但他不論如何都要親眼確認那個鐵盒。並排的兩顆鏡頭、倒入ＭＩＫＩ的開口、鐵製品特有的色澤，怎麼看都是他照顧許久的盒島；但是，那已經不是中島了。盒子沒有哪裡不同，可是土屋很肯定那不是中島了。一冒出這樣的想法，土屋的跑速便慢了下來。女孩搭上下樓的手扶梯後，鐵盒就像被吸入地底一樣消失了。

後面有人抓住了土屋的肩膀，一回頭，班導師正氣喘吁吁地站在他身後。面對上氣不接下氣的班導師，土屋凝視著鐵盒消失的地方，告訴班導師：「我要回去了。」班導師似乎大喊了些什麼，但土屋沒聽進去，只是一個人呆立在中島盒子被吸走的月台上。

§

盒子遺失約兩週後，中島回來上學了。大家早就把鐵盒忘得一乾二淨，就跟中島缺席時一樣，完全沒人討論，唯獨土屋非常緊張。其實中島也很緊張，但他們都沒有和彼此說話。土屋心想，恐怕直到畢業兩人都不會說話吧，但他有東西想交給對方，那是他在京都車站買的模型，是一個躺在木魚上睡得香甜的小沙彌，他的表情十分安詳。土屋原本只想買給自己，但不知為何也想送一個給中島，就多買了一個。

中島當打掃值日生當天，土屋躲在焚化爐附近等他。他不確定中島會不會來倒垃圾，但總之不能在會被人看見的地方給他。

中島帶著垃圾悠哉地閒晃過來，發現土屋後大吃一驚，整個人僵在原地。土屋粗魯地把模型包裹塞給他後，就朝教室走去。

「喂！」

聽到中島大喊，土屋回過頭。

「為什麼？」

中島大概是想問，為什麼要買禮物給他吧。

土屋有話想說，卻不知道該怎麼解釋。他想把自己哭的那晚，在那片像海底一樣的地方得到的體悟與他分享，但就怕說出來，中島會嗤之以鼻。

「就只是想送禮。」

土屋說完又邁開步伐。他邊走邊問自己：這樣真的好嗎？他又要棄中島而去了，這樣真的好嗎？

土屋回過頭，卻發現中島將包裹拆開，盯著裡頭的模型愣住了。土屋深怕中島無法理解，心想還是別跟他說好了。

「我也買了一樣的。」

中島訝異地望著土屋。

「我跟你一點也不像，清醒時的行為舉止也完全不同，但睡著後，我們大概做了同樣的夢吧。我和你其實是一樣的，大家都一樣。」

土屋不曉得這樣說中島懂不懂，或許他會誤解，但總比什麼都沒說好多了。

§

談話就這麼一次，僅僅這麼一次；之後土屋和中島再也沒說過話，畢業後也不曾再見過對方。

土屋出社會後，偶然發現了和自己當年買的「躺在木魚上睡覺的小沙彌」一樣的模型。它默默地被擺在朋友家的書櫃上，上頭積滿灰塵。土屋將它拿到手上時，朋友說：

「啊，那是我以前收到的禮物。」

朋友懷念地端詳著土屋拿著的模型。

「高中時，我跟同學處得不好，一個叫中島的傢伙就把這個送給了我。」

聽到中島這個姓氏，土屋的心裡非常激動。

「他說，醒著的時候，大家雖然差異很大，可是睡著後都一樣，所以沒什麼好怕的。他的這番話是不是很有意思？」

那一晚，土屋在那片像海底一樣的地方得到的體悟，中島都明白。身體某處湧現出滾燙的液體，土屋對這種感覺不陌生；他在哭。真是的，原來有聽懂嘛。隔了十年才氾濫的淚水，停也停不下來。

5
手指

找到這間安寧療養院的人，是次子阿惠。

「這裡很酷喔，跟其他療養院都不一樣。」

阿惠竟然用「酷」來形容照護末期病患的療養院。就是因為他講話不經大腦，才沒人敢嫁給他吧，有子如此心想。

「聽說他們會滿足患者各式各樣的心願。」

「嗯。」

有子已經沒有心願了，就連活久一點的渴望也蕩然無存。聽有子這麼說，阿惠顯得非常沮喪。

「媽，妳不是才六十五歲嗎？」

這不是年齡的問題，而是反覆住院、出院的煎熬，迫使她不願面對也得接受現實，然後漸漸領悟執著是苦的道理。

「我最後的心願，就是看到你結婚。」

老實說，這也不算是什麼畢生心願。做母親的雖然會操心，但終歸要看兒子阿惠自己的意願。

明年就要四十歲的阿惠尷尬地笑了笑，敷衍過去。

「這間很貴吧？我已經沒什麼遺憾了，找間普通醫院就可以了。」

儘管有子這麼說，但阿惠還是花光自己的積蓄，讓母親住進了這間安寧療養院。

§

那裡與其說是療養院，更像是大型圖書館。格局彷彿度假飯店，寬敞的咖啡廳頂端是挑高天井，牆面全都是書櫃。患者也像是來旅行一樣，拋開日常的煩惱，悠閒地放鬆。有子住進的療養院有許多照護機器人忙碌地穿梭，不過醫師、護理師、看護都是人類，卻愜意地行走著。友子覺得這裡的環境實在太奢侈了。

從有子病房的窗戶可以看見底下的蠟梅開了黃花。原來春天快到了，一想到這兒，有子自然流露出笑意。見到有子的反應，阿惠開心地問：「喜歡這裡嗎？」瞧兒子喜出望外的模樣，有子回答：

「還不錯，護理師的制服也很好看。」

正如阿惠所說，在這裡迎接人生的終點或許也不壞。有子一邊整理行李，一邊想著。

才剛住進來馬上就有面談，以便決定今後的規劃。「有沒有想見的人、想吃的食物或想去的地方？」照護經理問道，她表示即使是已經過世的人、公眾人物或早就不存在的地點，都能如實重現。有子聽了十分訝異，想不到科技變得這麼進步了。可是如今的有子已經沒有想見的人、想看的風景、想聽的音樂或想吃的食物了。

「您可以好好思考一下。」

照護經理笑了笑，將封面寫著《渡過雪原》的宮澤賢治著作啪地一聲闔上。原來書只是外殼，裡頭其實是電腦。難怪在這裡工作的人，大家都隨身攜帶著一本書。

有子沒有想吃的食物，也沒有想去的地方。大部分的親朋好友得知她罹患這種病，都來探望過她了，現在也有人會定期來看她，而且應該也不會嫌這裡遠，光是這樣就足夠了。

阿惠回去後，有子便閒了下來。這裡跟過往的醫院不同，檢查和吃藥的時間都很短暫，可以自由自在地做任何事，想要幾點起床都沒關係。一得知電視能看到飽，有子頓時覺得節目有些乏味，索性離開房間，前往一樓的咖啡廳。明明過了半夜十二點了，咖啡廳卻仍燈火通明，幾名病患正坐在那裡聊天。

有子想要確認密密麻麻排到三樓天花板的書到底是不是真的，她覺得那些看起來很像裝飾用的假書。然而當她湊近後抽出一本，卻發現是真的書，每一頁都整整齊齊地印滿了字。想到這裡的每一本書，都是某個人嘔心瀝血所寫成的，有子便感到很是欽佩。

一位頂著白髮、略顯豐腴的女人靠近友子，悄聲道：

「這些是墳墓。」

有子望著豐腴女人的臉，她告訴有子，住進這裡的人在過世前，都要捐贈一本喜歡的書。

「意思是，有這麼多人過世了嗎？」

有子不假思索地問道，白髮女人笑著說「怎麼可能」，這些大部分都是第一任院長的藏書。

「妳已經決定好最後的心願了嗎？」

聽女人一問，有子搖了搖頭。還來不及解釋自己剛住進來，對方便開口：

「我想了很久，最後決定要去加拿大滑雪旅行。」

「可以出國滑雪？」

「那是虛擬實境啦，只要戴上眼鏡就好。聽做過的人說，就跟真的沒兩樣，不過那個人是去火星旅行，誰曉得到底逼不逼真。」

女人歇了口氣後，緩緩說道：

「來這裡可是有很多事情要思考呢，還得決定捐贈什麼書才行。」

後方突然傳來哄堂大笑。

「你們在笑什麼啊？」

女人朝著在後面聊天的幾個病患走去。留在原地的有子抬頭望向書架，雖然她與這些人素未謀面，但眼前都是他們死前煩惱再三才決定捐贈的書。

《草枕》
《劍客生涯》
《飛行教室》
《星期五拉比晚起了》
《絕技》
《蒲公英女孩》

不是為了虛榮心，也不是顧慮人情，而是發自內心真誠挑選一本書。有子突然發現那些人的遺志開始從書中跑掉，趕緊把書闔上。她反覆抽出其他的書，仔細端詳封面，沒打開便又放回去。她發現了一冊以深綠色描繪靜謐森林的文庫本，突然感到很懷念；以前川端康成的文庫本大多是這種封面。雖然她手上拿的是《掌上小說》，但她旋即想起自己很喜歡《睡美人》這本書。

忘記是哪一年了，有子與姊妹淘出門旅行，兩人不約而同都帶了一本文庫本，而且還都是《睡美人》。深山的溫泉旅館裡，她倆讀了其中一篇小說〈片腕〉，故事描述某個男人向年輕女孩借了一條手臂一晚。「川端康成真是個奇葩」、「怪人一個」，共進晚餐時，兩人閒聊起來。

忽然間，有子想起了四十多年前的往事，羞得面紅耳赤。那個人不曉得怎麼樣了。儘管有子沒看過他的臉，但現在就是想見他，可是又不能把這個心願告訴照護經理，畢竟那太離譜了，一旦說出口，肯定會被誤以為是「變態慾女」。那明明是一段禁忌的回憶，有子卻愈來愈想搞清楚當初到底發生了什麼事。

回到房間後，有子發現療養院交給病患的電腦，閃爍著來信通知的燈號。

點開郵件，原來是照護經理寄來的，信裡寫著，請有子慢慢思考想達成什麼心願，不必急著下定論。

「每個人的想法都不同，甚至也有人許願，想把蒲公英的種子吹向天空，因此不論再小的願望、再羞於啟齒的事情，都可以放心告訴我。」

有子腦中浮現特地寫信關懷自己的照護經理的側臉，印象中她有著長長的睫毛。有子繼續往下讀，頓時目瞪口呆。

「其實我並不是人類，而是配備人工智慧的機器人。病患告訴我的心願，治療結束後就會全部自動刪除，因此不論任何事都可以告訴我。補充說明一下，只有照護經理是機器人，本院其他員工皆為人類，還請放心。患者的心願不會透露給任何人，包括主治醫師，因此不論內容為何，都請放心告訴我。」

有子讀完，不禁雙腿一軟。想不到那位女經理竟然不是人。情緒平復後，有子愈想愈覺得，不如豁出去告訴她算了。有子打開剛剛闔上的電腦，點開回信頁面，光是這樣就花了不少時間。她決定先把自己想見對方一面的心情寫下來，至於要不要寄出就待會兒再說。

我有一個想見的人。雖然我不知道他的長相，但如今回想起來，卻令我很懷念。

有子覺得說懷念好像不太對，但也想不到其他更貼切的字眼，只好繼續寫下去。

現在已經很少有電車色狼了，但在我當OL的時候，通勤電車上到處都是色狼，當時我才剛出社會，對此非常不能接受。有時是裙子被割開，有時是後面沾到精液，甚至下車時還有男人抱著我不放，擺著腰跟我一起下車，大概是搖到一半停不下來吧。當然，這些色狼各個西裝筆挺，衣領上也別著公司的徽章。當時是一九八〇年代初期，雖然有些人覺得那是一段黃金歲月，但我覺得這些人一定是瞧不起女性的沙豬。就在那時，我遇到了一個有著奇怪規矩的色狼。

他總是從阪急電鐵神戶線的西宮北口站開始，慢慢伸出狼爪，直到接近十三站時，一聽到車內廣播便立刻停手，把皺掉的內褲拉平，然後默默消失。當時才十幾歲的我根本不敢抗議。其他男人都是光明正大、旁若無人地摸上來，但這個人的手指卻總是偷偷摸摸的，好像在說「不好意思，打擾了」，我一方面覺得噁心，另一方面又感到有點好笑。他的摸法其實也只是貼著內褲，隨著電車的搖晃規律地摩擦生殖器而已，因此一開始我還很疑惑，這個人這樣做到底有什麼樂趣呢？我一直想不通，他的手指到底是怎麼碰到內褲的，不論裙子的拉鍊在後面或側邊，每次我注意到時，他的手指就已經伸進裙子裡了。他不像其他人一樣會把裙子掀起來，而是將拉鍊拉開再進來，出去後也會將拉鍊關上。當時我還沒有性經驗，但從進公司第一天起，不論我在電車的哪個位置、用什麼樣的姿勢站著，都會遇到色狼騷擾，對滿員電車的這種現象便習以為常了。

當時的女生大多覺得一旦被碰過，處女的價值就會下滑，但我沒有那樣的觀念，也就半放棄地任由色狼胡作非為。

如今回想起來，那真是太荒謬了，但對當時剛從學校出社會的我而言，在公司遇到的狗屁倒灶事件一籮筐，電車色狼不過就是亂象之一罷了。

某天我一如往常，在色狼的騷擾下放空望著窗外的風景，直到目送好幾座工廠的褐色斜屋頂飛逝，才發現今天的感覺跟平常不太一樣。

非常舒服。色狼也比平日摩擦得更起勁、速度更快。然而比起舒服，在大庭廣眾之下產生快感，令我覺得自己很骯髒，深怕遭受天譴，這種恐懼控制了我。惶惶不安的我為了閃避他的手指，開始扭動身軀，但他的手指卻總能巧妙地跟上，不讓我逃跑。我也不願動作太大而被其他乘客發現，就在我手足無措地想著「怎麼辦、怎麼辦」時，十三站到了，手指也乖乖撤退了。

他的手指愈來愈能勾起我的慾望，好幾次我都舒服得差點呻吟。我害怕再這樣下去會逐漸失去理智，但曾幾何時，我與手指竟然愈來愈合拍，甚至覺得一早能吹著從窗戶拂進來的風並沉浸在快感中，是一件很享受的事。然而即使再舒服，每次接近十三站時他總會停下手指，將我的內褲整理好並消失蹤影。我看他不敢更進一步騷擾我，便不管他，頂多覺得有點麻煩而已。

我不記得他到底騷擾了我多久，後來他之所以罷手，大概是因為我通勤時不再穿裙子了吧。習慣公司的步調以後，ＯＬ就會換下求職用的套裝，改穿自己喜歡的服飾。進公司沒多久，我便覺得那裡是個虛有其表、極盡荒唐的地方，乾脆從某個時期起都穿牛仔褲上班。公司規定女員工要像女高中生一樣穿制服，我心想制服可以到公司再換，穿牛仔褲通勤也無所謂，卻被主管提醒了好幾次要穿裙子。印象中，當時有一則新聞，是教授拒絕讓穿牛仔褲的女大學生上課；那時的社會風氣認為年輕女孩只能穿裙子。

或許就是因為我改穿牛仔褲，才導致手指不得其門而入吧。如果這是原因，撇除我主動拒絕，這也表示手指的主人對穿牛仔褲的我興趣缺缺。

明明是四十多年前的往事了，卻突然有點懷念他的手指。我完全想像不出手指另一端的模樣，甚至覺得那可能不是人類。但願死前，我能夠再遇到他一次；我想知道，手指的後面到底是什麼。

寫了一大篇，看看時間，才過十五分鐘，可見自己寫得十分專注。有子猶豫了一下，還是決定寄給照護經理；按下寄件鈕時，還「嘿」了一聲，連自己都覺得好笑。有子的身體大概比想像中疲倦吧，也不知是寄件後鬆了一口氣，還是懶得再管了，有子倒頭便睡，遁入夢鄉。

或許是因為寫了那封信，有子夢見自己變回ＯＬ，正搭乘電車通勤。夢境異常地真實，真實到彷彿能感覺到靠近的人的鼻息和氣味。對於長期住院的有子而言，這種感覺與其說討厭，不如說令她懷念。電車似乎轉彎了，所有人都朝著某個方向倒去，有子也被推到邊邊，身體倒向座位。她用雙手撐住窗子，雙腳張開站穩，以免跌倒。背在肩上的包包被夾在人群之間，但她的手抵在窗戶上，無法將包包拉到身邊。

當有子發現的時候，裙子裡已經悄悄多了根手指，自顧自地撫摸起來。手指彷彿知道有子現在不能挪動雙手，動作既大膽又溫柔。有子想知道的是，手指的另一端到底是誰。沒時間陪他慢慢玩了，得在抵達十三站前，把這個快感逐出身體。今天她一定要瞧瞧對方的廬山真面目。有子想盡辦法將一隻腳往後踩，靠單手撐住身體，另一隻手離開玻璃窗，伸入自己的裙子裡，一把抓住了正在摩擦的手指。那一瞬間，車廂因為轉彎而劇烈搖晃，靠單手支撐的有子失去平衡，跌入人群中。

車上明明擠得水洩不通，乘客們卻紛紛閃避，唯獨有子摔倒在地板上。但有子並未放開手指。她不可能放過他。無論如何，她都要好好盤問他。有子將手指拉向自己，放聲大喊：

「為什麼是我！」

是啊，為什麼是我！為什麼偏偏就是我得癌症！我才六十五歲，朋友都還很健康，夫妻倆還能一起去旅行，為什麼偏偏只有我非死不可？太不公平了！

有子倒在地上，泣不成聲。她好恨，淚水不停湧現。

「為什麼是我？」

有子再度呢喃。她舉起手來想擦眼淚，卻摸到了眼鏡。她不記得自己有戴眼鏡啊。有子一頭霧水地拔掉眼鏡，發現自己躺在單人床上，面對著天花板，而不是在車廂內。她瞄到入院時帶來的包包，想起這裡是自己的病房。在咖啡廳遇到的豐腴女人所說的話，頓時閃過腦海。

「那是虛擬實境啦，只要戴上眼鏡就好。」

剛剛那就是虛擬實境嗎？有子望向左手拿著的眼鏡，看起來只是普通的眼鏡，鏡腳卻亮晶晶地發著微光。

有子想起從身上硬拔下來的手指，看向自己的右手，卻發現手裡握的東西一點也不像手指。那是一片蒟蒻狀的薄膜，上面排滿密密麻麻突起的小點，就像捆包裹時會用到的氣泡紙。奇怪的是，那些密密麻麻突起的堅硬小點，正在一伸一縮地上下起伏。薄膜連接著電線，插在電腦上。電腦螢幕是亮的，畫面上排列著神祕的數字和圖案，刺眼地跳個不停。有子抓著點狀薄膜的那隻手暗沉枯瘦，布滿皺紋，比想像中的更加衰老。

她發現自己有些失望，覺得很可笑。到底有什麼好失望的？是期待這隻手指來自某個高高瘦瘦的青年嗎？她苦笑著從床上起身。房間窗簾緊閉，幽暗無聲。

有子心想，說不定……自己只是想再看一次這個世界，再體驗一次當年初出茅廬時接觸到的社會。那根手指就代表這個世界，無情又荒謬，理所當然地行使她不明白的規矩和道理，死板又粗魯，講究繁文縟節，沉默地逼迫著她。然而有子卻想再見它一次，至於原因，她心裡有數。

如今有子總算明白，那根手指來自要她穿裙子的主管，也來自要她保持處女之身嫁人的父母。原來是這麼回事啊——有子恍然大悟。我想再看看這個社會，看看這個無情、荒謬、令人筋疲力竭的世界。疑問再度於心底浮現：

「為什麼是我？」

有子忽然覺得自己就站在一樓咖啡廳的正中央，書架上密密麻麻排到天花板的書，每一本都在對她吶喊：

「為什麼是我？」

每本書、每個文字都在控訴著這句話，有的呢喃，有的竊竊私語，有的怒吼，有的悲傷，有的欣喜。

有子手中的薄膜已不再緊貼她的身體，突起的小點卻仍在上下起伏。看著它們忙碌的模樣，有子突然覺得自己也是其中一顆小點。

有的點一直縮著，有的點劇烈地上下跳動，有的則一動也不動。如果這些點是人，大概也會抱怨不公不義吧；但若所有點的動作都一致，這塊薄膜也就沒有用處了。

如果有人問，為什麼我會是那顆縮起來的點？又有誰能答得出來呢？也只能回答「那就是你的命」吧。

與丈夫邂逅，生下兩個兒子，丈夫公司經營有成卻比自己先走，長子娶了賢淑的太太，次子阿惠拖著不結婚，自己罹患癌症……原來這些都是命。

那塊為有子營造快感而設計的點狀薄膜，仍在不停跳動，為了善盡職責而上下起伏。將薄膜翻過來，後面有一串用水性麥克筆留下的潦草字跡「AM 2:00之前」。這不是機械，而是人所寫的。仔細一看，薄膜的邊緣就像是有人拿剪刀歪歪扭扭剪下來的，剪過頭的地方還用膠帶固定。從剪法和膠帶的貼痕來看，對方一定很匆忙。

有子忽然想起全體同仁在公司一起加班趕資料的夜晚。工作總算告一段落後，有子在回家路上望著清晨靜謐的馬路，心想明明每天上下班都會經過這兒，今天看起來卻特別美，而且這份美只屬於她一個人。

有子望著手中的薄膜。這一定是某人趕在期限內倉促完成的。對呀，趕工這種事，出社會後她不是早就司空見慣了嗎？

光是為了我……就有許多人耗費心力、投入時間，這令友子很是感慨。那名照護經理強調自己是機器人，八成是在說謊吧？由機器全程處理，自動刪除願望，應該也是在騙我吧？還有人為了趕上病患睡得最熟的半夜兩點鐘，熬夜趕出了這套裝置。這就表示現在這棟療養院裡，仍有人在默默關心我。

是呀，我還沒死啊。有子安慰自己。我還活在這個自己熟悉的世界。她掀開窗簾想看看外面，發現已經黎明了，一天正要開始。但四周還靜悄悄的，這個清晨只屬於有子。

來想一下今天要做什麼吧。有子憶起昨晚沒洗澡就睡著了，便將房裡的浴缸放滿熱水。鏡中映照出來的有子，因為長年對抗病魔而骨瘦如柴；但身體一泡進浴缸，熱水還是奔湧而出。一種有別於手指摩擦的快感逐漸滲透全身，溢出的熱水流向浴室的每個角落。任憑身體泡在熱水裡，聽著水聲，有子覺得這一定是春天的流水，能將一切都融化帶走吧。

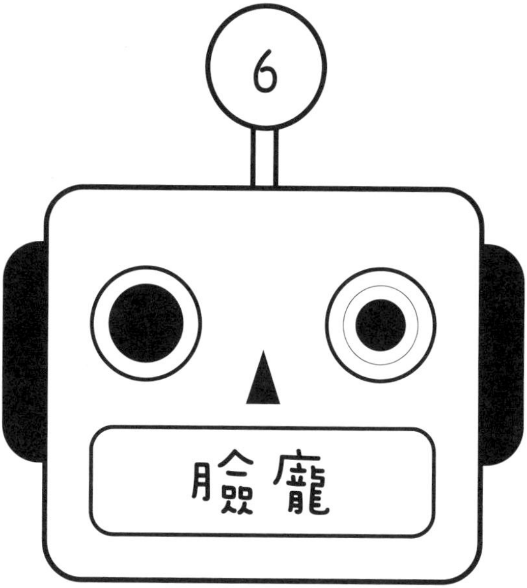
6
臉龐

彌香非常討厭上體育課。她的運動神經很好，成績也不錯，但極度厭惡在別人面前換衣服。上國中以後，女生們的胸部各個大了起來，月經也一一來潮，唯有彌香都升上國二了，身材還是跟小學生一樣，甚至連初經也沒有。

對此，彌香的媽媽比當事人更加敏感。每次電視在播生理用品的廣告時，媽媽就會緊張起來，刻意迴避彌香。即使媽媽正在說話，一看到廣告，也會突然屏息，陷入沉默；這些彌香在一旁都看得一清二楚。

彌香知道，她進浴室洗澡時，媽媽總會仔細檢查她換下的內褲，甚至聞聞看味道。檢查時，媽媽會板著一張臉，眼神異常銳利，不放過一點蛛絲馬跡。不僅如此，媽媽還會趁彌香睡覺時，偷偷丈量彌香腳掌和手臂的長度。彌香曾經微微睜開眼皮，發現媽媽面色凝重，又急忙閉上眼睛。

媽媽偶爾會提議一起洗澡。聽到媽媽開朗的聲音，彌香便鬆一口氣，以為是自己多心，可是每當她在洗頭時，媽媽又會突然觸摸她的脊椎，嚇得她差點沒跳起來。每每抬起頭，見媽媽哭喪著臉坐在浴缸裡，抬頭盯著天花板的模樣，彌香就會聽見心臟傳來噗通噗通的聲音。她一直在思考，該怎麼做媽媽才不會難過，卻始終不得要領。在彌香眼中，媽媽總是在尋找什麼，但因為找不到，所以一直很焦急。

某天半夜，彌香起床去廚房喝水，卻發現媽媽待在黑漆漆的客廳，身體陷進沙發裡，雙手摀著臉龐，手中緊握彌香的襪子。媽媽沒有發現彌香起床了，低聲嗚咽著：

「我是不是選錯了。」

彌香慌忙躲回自己的房間，心臟噗通噗通跳得飛快。「選錯」一定指是我吧。彌香的父母在十三年前離婚了，她是獨生女，由媽媽撫養。彌香心想，「選錯」一定是指不該把她帶在身邊。

一想到這裡，彌香就渾身冰冷僵硬。昏暗的客廳裡，母親獨自窩在沙發上的模樣，數度浮現於彌香的腦海中。隔壁停車場明亮的看板，在媽媽摀住臉龐的雙手上染了一層藍色的幽光，手中緊握的彌香的粉紅色襪子，變成有毒般的紫色。彌香心知肚明，這一幕她根本不該目睹。她很害怕，卻不曉得在怕什麼，反而更加恐懼。

不過一到早上，見到媽媽忙碌地在廚房的瓦斯爐與流理台間穿梭，彌香昨晚的恐懼便煙消雲散了。後來，彌香總會不知不覺觀察媽媽的表情，尤其是在晚餐過後，更需要仔細觀察。

但這天不一樣。放學回家時，彌香聽見媽媽正在大聲講電話。

「她都國二了，連初經都還沒來。」

彌香呆立在門口，遲遲不敢進門。

「求求你，我就求這麼一次，讓我交換好嗎？」

聽到「交換」兩字，彌香的呼吸頓時停止，渾身動彈不得。她心想，那一定是在說我。

「這我明白，但是追根究柢，還不是因為那個人搞外遇害的？」

媽媽的口氣激動起來。彌香不曉得媽媽在和誰說話，但對方似乎一直在安撫她。

媽媽沉默地聽對方說了一陣子，按捺著情緒低聲道：「我知道了，一切就拜託你了。」隨後掛掉手機。

由於安靜太久，彌香偷看了一下屋裡的情況，發現媽媽握著手機，茫然地望著窗外的停車場，似乎沒發現彌香就站在門口。過了一會兒，媽媽像個洋娃娃一樣緩緩閉上雙眼，再睜開時，豆大的淚珠便從眼眶冒了出來，沿著臉頰滑落。彌香覺得媽媽的淚水像珍珠一樣漂亮，但一想到這裡，她自己也很想哭。

一種無法向人言說、莫名其妙的委屈湧上心頭。為了避免被媽媽發現，彌香悄悄拉開大門，跑到外頭去，找個隱密的地方大哭了一場。

§

媽媽沉默地看著期末考成績，突然向彌香提議暑假時要去爸爸家。媽媽的口氣彷彿從幾年前就跟彌香計劃好了，但彌香卻是頭一次聽到。自從媽媽離婚後，彌香再也沒見過爸爸，而媽媽至今也從未提起過他。父女倆早在彌香還是小嬰兒時便離別，如今彌香就算要跟爸爸相認，也根本不曉得爸爸的長相。

剛開始彌香以為是暑假要和媽媽一起去爸爸家，後來才知道得自己一個人前往，令她十分不解，而且暑假過後好像還要繼續待在爸爸家。彌香憶起了媽媽在電話中提過的「交換」兩字，心想自己大概是要被「交換」了吧。

向彌香告知這件事以後，媽媽臉上的笑容突然多了起來，不但不再趁彌香睡著時丈量手臂和腳掌，也不再和彌香一塊兒洗澡了。彌香覺得媽媽迅速對她失去了興趣，害怕地想哭。

結業式那天，彌香在教室和大家道別，朋友們大喊著「彌香～」抱住她，送了她一小束花以及跟大家同款的馬克杯。分別的路上，大家不斷對彼此揮手。直到剩彌香一人時，她頓時覺得裝禮物的紙袋好沉重。她知道自己就要離開這座城鎮了，卻感到很不真實。

石牆上垂落的藤蔓開滿了橘色的花。彌香想起自己一直很好奇這種花叫什麼名字，卻遲遲沒有去查。唉，以後再也看不到這種花了，彌香心中很感慨，突然湧現一股衝動，想把所有橘花都摘下來；但她並沒有這麼做。彌香心想，回家後就去查查這叫什麼花吧，雖然那裡很快就不是我的家了，但回家還是查查看吧。

隔天早上，彌香就要搬離家裡了，媽媽一如往常地問她：

「鑰匙帶了嗎？」

媽媽的講法跟平常實在沒什麼不同，害彌香滿心期待之前只是自己搞錯了，但媽媽很快就想起彌香再也不會回家，神色落寞地道：

「我都忘了，已經不需要鑰匙了。」

彌香從裙子口袋掏出鑰匙交給媽媽，媽媽露出一副泫然欲泣的表情，但也僅止於此，並沒有真的流下眼淚。

在附近的公車站等公車時，媽媽突然問：

「妳愛媽媽嗎？」

彌香覺得好混亂。如果現在說「愛」，就能留在原本的家嗎？就能繼續住在這座城鎮嗎？她瞄了瞄媽媽，但媽媽面無表情。彌香答不出來，在她沉默時，公車來了。媽媽將行李交給彌香，彌香慢吞吞地上了車。回頭一看，媽媽依舊茫然地杵在那兒。

「我——」

彌香開口，母親露出全神貫注聽著的神情。

「我覺得，我就是媽媽，媽媽就是我。」

媽媽看起來並未聽懂彌香在說什麼。

公車的門關上了，彌香坐到最後面的座位。她望向後車窗，媽媽依然愣愣地站在那兒。公車出發了，媽媽的身影愈來愈小，彌香想一直看著媽媽，直到媽媽縮成一個小點，但公車劇烈搖晃了一下，在十字路口右轉，媽媽的身影瞬間就被抹消了。

§

彌香在新神戶車站下了車，天空與大海連成一線，一望無際。彌香抬頭遙望，心想和媽媽一起居住的城鎮，天空可沒這麼遼闊。一名身穿老舊抹茶色POLO衫，戴著強尼戴普風帽子的男人，揮著手朝彌香靠近。他親暱地打了聲招呼，彷彿兩人幾天前才見過面：

「辛苦啦～」

男人笑著，接過彌香的行李。

「肚子餓不餓？要不要吃點東西？」

男人的語氣聽起來不像在討好彌香，而是真的關心她。彌香對這個男人很有好感。

爸爸並沒有車。

「這裡的路很窄，又都是斜坡，比起開車，走路更方便。」

爸爸向彌香介紹他居住的城鎮。父女轉搭地鐵和JR[1]，在一處臨海的小車站下了車。車站前的魚販架了網子，曬著小型鰈魚。從魚販再往上爬坡約五分鐘，便是爸爸的家。

「屋頂是綠色的喔。」

爸爸驕傲地說。彌香不明白綠色有哪裡了不起，但爸爸依然望著彌香複述了一次：

「綠色的屋頂很不錯吧？」

爸爸的家和彌香之前住的公寓很不一樣，那是一棟老建築，樓梯嘎吱作響，窗戶還要用力才打得開。

彌香使盡力氣終於拉開拉門，來到院子俯瞰小鎮。眼前是一片汪洋，電車

1 Japan Railways，日本國有鐵道施行分割民營化後，所成立的七家鐵路公司之合稱。但是七家公司獨立營運，互不隸屬。

從海岸線前駛過。那時太陽正要下山，橙色的海洋下，電車行駛的轟隆聲以及小船緩緩開過的悠遠馬達聲，隨風捎了過來。

聽著這些聲音，彌香覺得有點虛脫，半信半疑地想著，我真的要住在這裡了嗎？

爸爸不知何時進了廚房，用平底鍋開伙，聞起來有番茄醬的香味。彌香進入屋裡時，爸爸正在單手打蛋，他沒回頭，直接問道：

「有什麼不敢吃的東西嗎？」

「青甘肚[2]。」

彌香回答。

「那是什麼？」

2　即鰤魚，青甘魚為其俗名。

爸爸好像真的不知道。

「青甘魚肚和它的生魚片。」

「哦，以前早苗很愛吃。」

「不只是以前，她現在也很愛。」

聽彌香說完，爸爸回過頭：

「我剛剛有說以前嗎？」爸爸連忙問道。

「原來……我說了以前啊。」

爸爸咕噥著，這次倒像是講給自己聽的。

他向彌香介紹了屋裡的格局——連著後門的小廚房旁有兩個隔間，一個六張榻榻米大，另一個三張榻榻米大，二樓也有兩個小房間，其中一個是小香的寢室。他一面說著，一面擦拭細長而凹凸不平的木桌。

「這張桌子以前是用來裁和服的。」

他將餐點擺到彌香面前，盤子裡盛著荷包蛋、兩根煎香腸，淋著滿滿的番茄醬。擺盤似乎有固定的方向，爸爸將盤子轉了一圈，讓正面朝著彌香。

父女倆用的是同一套餐盤，不只盤子，杯子、筷子也是成套的。而且杯子有圓點圖案，還是女生喜歡的顏色，令彌香忍不住看向爸爸。

爸爸發現彌香見餐盤可疑，有些慌了手腳。餐盤帶有些微的裂痕，所以肯定不是為了彌香而新買的，就連筷子的尖端也禿禿的。

見彌香盯著餐點卻不動筷，爸爸傷腦筋地雙手抱胸，抬頭盯著天花板，發出「嗯～」的聲音，思考著該說什麼。過了一會兒，他下定決心似地看向彌香，問道：

「早苗告訴妳多少了？」

聽到「多少」，彌香感到一頭霧水。爸爸見狀道：

「看來她什麼也沒告訴妳呢。」

他的肩膀垮了下來。
「妳知道我們離婚了吧？」
彌香點點頭。
「彌香出生沒多久，我們就分開了。」
爸爸說道，咕嚕咕嚕地喝著水。
「我們為了彌香的監護權吵得不可開交，誰也不讓誰。於是呢……」
爸爸又喝了一杯水，這次是像灌酒一樣一口氣乾杯。
「我們決定再做一個妳。」
「做一個我？」
「嗯，再做一個妳。」
「意思是我有妹妹？」
「不，是和妳一模一樣的孩子。」

彌香實在聽不懂爸爸在說什麼。

「就是人工智慧機器人，跟妳一模一樣。正式名稱好像叫『仿生人』？」

這個人到底在說什麼啊？彌香的眼神充滿疑惑。爸爸見狀連忙解釋：

「我不是在騙妳，是真的。」

但彌香還是難以置信。雖然在學校也聽說過某某便利商店的店員是機器人，甚至電視上的某些藝人也是，但沒想到自己身邊就有仿生人，而且還跟自己長得一模一樣，這令彌香一時之間無法相信。

「總之先吃飯吧。」

爸爸說著，大口咬起香腸。

「意思是，跟我一模一樣的仿生人要去媽媽那邊住，而我則是來這裡嗎？」

「嗯，大概就是這樣吧。」

爸爸將荷包蛋的蛋黃微微戳破，淋上醬油。

「比起我，媽媽更喜歡機器人嗎？」

「因為早苗是個神經質的人嘛。」

爸爸說著，咬了一口焦焦的蛋白。

彌香憶起媽媽會在更衣室聞她的內衣，她心想，原來是因為媽媽討厭她流汗。彌香曾經肚子餓得咕嚕嚕叫，在新幹線上吃光一整盒Jagarico薯條杯，媽媽一定也很討厭她的肚子會發出咕嚕嚕的聲音，說不定還很嫌棄她會吃飯。晚上之所以偷量她的手臂和腳掌，也是因為不希望自己的女兒漸漸長大吧。

彌香的淚水頓時氾濫。她正襟危坐、不發一語，緊握的雙拳擺在膝蓋上，安靜地流著淚。爸爸抬起頭，不再吃東西，而是望著彌香。

「對不起……」

彌香聲嘶力竭地哭喊著。

「誰叫我會流汗，又會吃飯，還會長大，對不起、對不起、對不起……」擦了一遍又一遍，淚水依然源源不絕地從體內湧出。

爸爸用筷子夾著香腸，就這樣愣愣地聽著彌香說話，接著卻突然站起來跑進廁所，開著門，把頭埋進馬桶裡吐了。

聽到嘔吐聲，彌香擦了擦眼淚，往廁所走去，卻發現爸爸早就已經沒東西能吐了，卻依然對著馬桶乾嘔個不停。

爸爸沒發現彌香就站在身後，如野獸般咆哮著：「我這個王八蛋！」把頭撞向廁所的地板。

§

爸爸與媽媽長期爭論不下，雙方都筋疲力盡了。兩人對於沒有結論一事如鯁在喉，嚴重影響了日常生活。因此，當某間企業提議還有這種解決辦法時，兩人不疑有他，很快就接受了。

現在的仿生人跟真人簡直一模一樣，這不僅僅是商業口號，而是真的。不但會流血、流汗、流眼淚和唾液，敝公司還會神不知鬼不覺地幫仿生人更換長大的身體，客人您絕對不會發現，大可把他當成活生生的人一塊生活。以上服務是敝公司的賣點，而且不需要維修，不舒服時只要帶去看醫生就好，敝公司會接到聯繫從而進行調整，客人您不會有任何一個瞬間察覺到那是機器人。

儘管兩人聽了半信半疑，但一見到實際完成的小嬰兒，確實連親生父母都辨別不出來。

媽媽堅持讓她先選。她仔仔細細檢查了兩位彌香，就像怕吃虧而比較商品一樣，看了實在令人不太舒服。

媽媽根據彌香的拇指月牙是顛倒的，而選擇帶走她。但事後又覺得那種特徵誰都捏造得出來，一想到這裡，媽媽的惶恐便與日遽增。她一直懷疑自己是不是被騙了，也數度透過律師提議交換，但爸爸死都不肯，這點更加深了媽媽的疑惑。

§

「也就是說，我有可能是機器人？」

聽爸爸說完，彌香問道。爸爸神色痛苦地點頭，「嗯」了一聲。

「但也有可能是人類？」

「嗯，有可能。」

「到底是哪一邊？」

「不知道。」

爸爸說著，雙手摀住臉龐。這和彌香那天半夜看到的媽媽一樣。

僅僅一天，彌香便覺得自己經歷了一場漫長的旅行。彌香心想，這顆地球上，再也沒有她熟悉的地方了。

§

早上，彌香感覺房裡有風吹過，因此醒了過來。昨天關上的窗戶竟然敞開了，應該是爸爸開的吧。彌香從被窩裡坐起，望著搖曳的窗簾以及窗戶彼端的清晨海洋，想起這裡是建在山坡上的老舊透天厝，自己身在房裡的二樓。

房間角落的衣櫥依然收著之前住在這裡的另一位彌香的衣服。彌香擅自為她取了「彌香二號」這個名字，她的衣服全都是橫條紋和格子紋，有點男孩子氣，或許那是爸爸的偏好吧。

敲門聲輕輕響起，爸爸探出頭來。

「要不要去游泳？」

「現在嗎？」

「嗯，漁港旁有個小型海水浴場。」

「我有帶泳衣來。」

「那就換上泳裝，十分鐘後到廚房集合吧。我們趕快吃完早餐就出門。」

爸爸說完，發出噠噠噠噠的輕快腳步聲下樓去了。

媽媽曾經為彌香買了一件漂亮的水藍色泳裝，上面帶有奶油色與綠色的泡泡花紋，彌香將那件泳裝塞到包包最底下，把深藍色的學校泳衣拉了出來。包包裡拿出來的每一件衣服，都是媽媽挑的。每次買衣服要結帳時，媽媽總會問彌香：「真的要買這件嗎？」彌香聽了就會突然慌張起來，結果最後總是選了媽媽挑的款式。

彌香在泳衣外面套上從衣櫥找到的橫條紋T恤以及牛仔吊帶褲，下樓時，爸爸正在包蒸玉米。

「那裡雖然是海水浴場，但真的很小喔。」

爸爸一邊說著話一邊抬起頭，一見到彌香，他頓時說不出話來。

「我是不是不該拿衣櫥裡的衣服來穿？」彌香問道。

爸爸說：「不，我只是以為彌香還在。」

才一開口，爸爸便知道自己說錯話，連忙解釋：

「沒有啦，爸爸不是那個意思，彌香就是彌香啊，我在說什麼啊。」

爸爸已經語無倫次了。

彌香很清楚，爸爸所認知的彌香和自己不一樣。對爸爸而言，我只是個冒牌貨。那樣的話，我到底是誰呢？我該以什麼身分待在這裡呢？說不定我才是彌香二號。彌香如此想道。

父女倆不發一語，漫不經心地嚼著便當盒裝不下的飯糰，喝著裡頭加了切太碎高麗菜的味噌湯，沉默地步出大門。爸爸扛著一卷草蓆，背著背包，挑著保冰桶，啪嗒啪嗒地拖著似乎穿了很多年的海灘鞋，走下坡道。

「小香，對不起。」

走在前面的爸爸看著前方，向彌香道歉。

「我一直覺得，早苗為了哪一邊才是本尊而整天疑神疑鬼，實在很傻。但我自己也以為身邊熟悉的彌香才是真正的彌香，很死腦筋對吧。」

爸爸深深地嘆了一口氣。

「人雖然無法抵擋歲月……」

爸爸聽彌香都沒說話，擔心她是否沒跟上而回過頭；見彌香還在，便安心地露出笑容。

「但我會花時間去彌補。」

爸爸沒有說要彌補什麼。彌香聽著爸爸的話，安靜地點頭。

每當爸爸跨步走下斜坡，腳跟底部就會露出來。那裡畫了笑臉圖案，有著圓滾滾的眼睛與彎彎的大嘴巴。

「腳底畫著臉耶。」

聽彌香說道，爸爸露出欣慰的表情，似乎很高興女兒發現了。

「彌香小時候，爸爸只要像這樣畫上笑臉，彌香就會很開心。爸爸想說也讓十三歲的彌香看看。」

為了讓臉展示得更清楚，爸爸跨步時都刻意把腳跟抬得高高的。

「嗯，很好玩。」

彌香話才說完就後悔了，她應該講得更興奮一點才對。可是一看到畫著笑臉的腳跟，彌香就感覺到爸爸一定也很寂寞。對爸爸而言，等於是真正的彌香突然走了，所以拚了命想填補她的空缺。現在要去海邊，一定也是因為這樣。

下坡道時，爸爸腳跟上的笑臉彷彿縮時攝影，反覆出現又消失。它們匆忙地閃爍，像是怕被認出到底右邊和左邊，哪邊是真，哪邊是假。

海水浴場很小，海岸幾乎都是碎石，躺起來凹凸不平。但坐在爸爸帶來的草蓆上，喝著冰涼的飲料，吹著海風，彌香還是覺得很舒服。

爸爸是游泳健將，旱鴨子彌香則套上泳圈，陪爸爸一起游到海面上。這是彌香第一次離岸邊這麼遙遠，雙腳已經好一段時間碰不到海底，划起水來輕飄飄的，像是在空中漫步。忽然一道大浪襲來，害彌香喝到了海水，海水比想像中還鹹啊，她不禁抓緊爸爸的手臂。爸爸笑著說「我們再游遠一點吧」，便拖上套著泳圈的彌香往前划。彌香仰望天空，鳥兒正好飛過。見到那些鳥，彌香心想，這片汪洋上就只有我們兩人無依無靠地漂浮著。我在這裡能成為真正的彌香嗎？日子久了，我會變成爸爸熟悉的彌香嗎？海水很溫暖，彌香開始覺得這樣好像也不錯。

§

暑假接近尾聲時，媽媽突然打了電話給爸爸。爸爸掛掉電話後回到廚房，暴跳如雷地洗著平底鍋。就連將洗好的衣服摺好、收進衣櫥裡時，也比平常暴躁。「開什麼玩笑！」爸爸啐道，踹了垃圾桶一腳。彌香第一次見到這樣的爸爸。

過了一會兒，爸爸稍微冷靜了一點後，問了彌香：

「妳想回媽媽那裡嗎？」

爸爸面無表情，彌香實在無法判斷他講這句話是什麼意思。

爸爸踹了垃圾桶，一定是因為他內心期盼著以前住在這裡的彌香能夠回來，可是這麼一來，決定變成爸爸熟悉的彌香的她，又該何去何從呢？光想到這裡，彌香就不知所措。

「爸爸的想法呢？」

聽彌香這麼問，爸爸陷入沉默。

「不必管我，重點是彌香怎麼想。」

彌香覺得爸爸這麼說很狡猾。她們之所以陷入這種處境，還不是因為爸爸和媽媽都想要孩子害的，現在怎麼還有臉說什麼「不必管我」？可是，要是把這些想法說出口，爸爸可能又要去廁所嘔吐了。

「我需要商量一下。」

聽彌香這麼說，爸爸面露詫異地問道：

「商量？」

爸爸看起來很惶恐，大概是怕彌香把他們做的好事說出去吧。但彌香能商量的對象，只有一個。

「嗯，我想和**自己**討論一下。」

聽彌香講完，爸爸這才放心地「哦」了一聲。

§

爸爸似乎沒有想到彌香說要商量的人，指的是彌香二號。

彌香留下一封信給爸爸，便離開家了。不論如何，她都想見一下另一個自己。不曉得那位彌香是否滿意現在的生活，會不會想回到爸爸家？彌香覺得兩人必須好好談一談。

離開媽媽的公寓不過是一個月前的事，站在房子前，彌香卻覺得這裡讓她懷念得不得了。彌香房間的窗簾是拉起來的，母女倆大概都還在睡覺吧。

才這麼想著，彌香便看見媽媽走出了公寓。她一邊拿著手機不知道在講什麼，一邊丟了包垃圾。彌香從來沒見過媽媽穿這件罩衫，應該是和彌香二號到以前常去的百貨公司買的。不曉得媽媽是不是也有問二號：「真的要買這件嗎？」媽媽掛掉手機後，抬頭望著窗簾緊閉的房間，嘆了口氣，隨後便朝車站走去。

待媽媽的身影消失後，彌香按下門鈴。屋裡傳出一聲不悅的「誰啊？」，她說明「我是彌香」後，對方立刻開了門。

大門打開了，彌香二號依然穿著睡衣。眼前的女生跟自己真的是一個模子刻出來的，令彌香差點噴笑；這點對方也一樣。二號招待彌香進入如今已經屬於她的房間，在床上盤起腿來，向彌香低頭說了聲「妳好」。彌香也默默地低下頭，她實在不知道這種場合，該對和自己長得一模一樣的人說些什麼才好。

「妳應該知道了吧？」

二號開了口。

「他們要終止契約。」

「終止契約？」

「就是中途打破合約，不再使用機器人。」

彌香恍然大悟，原來媽媽打電話來就是在講這件事。

「為什麼要這樣？」

彌香問道。

「誰叫妳媽這麼奇怪。」

聽二號數落媽媽，彌香有點不開心。

「她不只是我媽，也是妳媽吧？」

「是沒錯啦，但她真的怪怪的。她還擺出超可怕的臉，要我證明自己是人類。」
彌香可以想像媽媽講那句話時的模樣。
「所以我就搧了她一巴掌。」
彌香目瞪口呆地望著二號的臉。
「我想說，人類不就是會這樣嗎？結果媽媽大受打擊，還打電話去公司，質問他們家庭機器人會不會行使暴力。對方表示他們無可奉告，雙方起了嚴重的爭執，然後媽媽就說她受夠這種生活了，她要解約。」
「所以就要終止契約了？」
「對，很任性吧？」
「終止的話會怎麼樣？」
「爸媽得付違約金，接著機器人會被回收，事情就結束了，就好像從來沒發生過這件事一樣。」

「天啊。」

彌香啞口無言。

「也就是說，我們其中一邊會被回收。」

彌香二號擺出了割自己脖子的動作。

彌香萬萬沒想到，在那棟看得見海、悠閒和樂的家裡，爸爸竟然講了一通這麼駭人的電話，也難怪他會那樣火冒三丈。

「這下該怎麼辦？」

二號問道。彌香從沒想過自己還能選擇該怎麼辦。

「乖乖等死嗎？」

彌香瞪大眼睛，她現在才驚覺，原來什麼都不做，就是在等死。

「我們該怎麼辦？」

二號又問了一遍，彌香抬起頭來。

「快逃。」

二號一聽，露出微笑。

「說得好。」

彌香總共有十八萬日圓的存款，二號一聽，拍拍手說：「這樣事情就容易多了。」

「我覺得別帶手機比較好。」二號表示，否則可能會被GPS定位。彌香雖然回答「也對」，但她出門從來不曾離開手機，所以只是假裝把手機留下，然後又和充電器一起悄悄藏進自己的包包裡。

兩人先搭電車搭了一段路，在一間大車站前的漫畫網咖打發時間，晚上再去買東西並吃了些速食，接著回到漫畫網咖打盹。

看到簽約的機器人公司的廣告在大樓電視牆上播放，彌香撇開目光，快步向前走。那是一間規模遍布全球的大企業，彌香害怕自己即使逃到天涯海角也躲不掉，二號卻笑彌香過於杞人憂天。

「他們不會花錢刻意追上來回收我們啦。對企業來說，那樣一點也不划算。」

彌香聽二號分析，覺得也有幾分道理。

購物時沒有家長在一旁嘮叨，實在很痛快。二號跟媽媽不一樣，不論彌香穿什麼，都說「好看」。彌香也拉著二號一起買衣服，一下說那件不錯，一下要她試穿，但二號連一件裙子也不肯套套看。她堅稱自己不論穿什麼都不合適。

「既然我適合，妳一定也很適合呀，我們可是長得一模一樣耶。」

聽彌香這麼說，二號回答：

「自己的缺點自己最清楚。就算我們長得一樣，我還是不適合啦。」

不過，難得一起逛街，兩人還是買了同款的T恤。T恤上的字是用紅色膠帶貼成的，看起來一洗就會報銷。兩人選了貼有「ＹＥＳ」的款式。

提著相同的紙袋，夜色下的彌香二號突然回過頭，唐突地說：「要記得我唷。」

「妳在說什麼啊，搞不好是我要被回收呢。」

「不，應該是我。」

二號表情嚴肅地說道。

「妳為什麼這麼肯定？」

彌香感到害怕，生氣地反問。

「因為我已經連自己的名字都想不起來了。」

二號笑著說。

「妳叫彌香啊，彌香！」

彌香拚命喊道，但二號只是搖搖頭，有氣無力地笑了：

「對不起，我一點也想不起來。」

望著彌香愈來愈憂鬱的臉龐，二號故意開玩笑地說：

「沒事啦，我還記得回漫畫網咖的路啊。」

可是彌香依然憂心忡忡，二號為了安慰彌香開始邊走邊跳，說自己還這麼有精神，肯定沒事的。

二號蹦蹦跳跳的模樣太過有朝氣，反倒令彌香泫然欲泣。她心想，爸爸媽媽一定是在合約書上蓋章了，對他們的憤怒也油然而生。太殘忍了。這兩人實在太殘忍了。明知其中一方會被回收，怎麼還忍心終止合約？爸爸媽媽根本只把她們當成自己的所有物嘛。一起生活了這麼久，又有什麼意義？

「我不會原諒他們的。」

回過神來時，這句話已經脫口而出了。爸爸媽媽實在太可恨了，她絕對不會原諒他們。接著，彌香嗚嗚咽咽地哭了起來。

二號溫柔地輕撫彌香的背，悄聲道：

「終於生氣了？妳啊，就是太乖巧了。」

是嗎？彌香邊哭邊想著。

「像我就常常生氣。雖然這樣也不好，但妳實在太容易被別人的情緒影響了。」

或許二號說得沒錯，如果沒有她陪著，彌香根本不可能像這樣面對自己。

二號不知何時換上了剛買的Ｔ恤。紅色膠帶貼成的「ＹＥＳ」字母已經搖搖欲墜了。彌香覺得那廉價的模樣，跟這輩子只會逆來順受說「ＹＥＳ」的自己沒有兩樣。

在漫畫網咖睡了一晚後，二號已經認不得彌香，應該是記憶漸漸被格式化了。但只要聽彌香講解，二號還是多少聽得懂。

彌香單獨上街去為二號買吃的，巧遇之前在國中送她花束與馬克杯的同學。總算與老朋友們道別後，彌香急忙衝回漫畫網咖，她覺得這座城鎮不能再待了，想勸二號轉移據點，但二號的手腳已經動彈不得了。彌香等到晚上，在漫畫網咖結了帳，背著二號來到戶外。背上的二號如娃娃般渾身癱軟，話也愈來愈少，彌香感到眼眶泛紅。對始作俑者爆發的怒氣，成了她走下去的原動力。

背上的二號斷斷續續地說：

「妳生、氣的、時候，我與妳、同在。別、忘了，妳、不是一、個人。」

彌香怎麼可能會忘！在家裡感受到的悲傷是母親的，但這份怒氣是她自己的；二號的憤怒，就是她的憤怒。

二號的重量令彌香的體力逐漸透支，她在販賣機旁將二號放下，買了兩罐喝的，但二號看起來已經無法吞嚥了。一轉眼間，彌香保特瓶的水便空空如也，她連二號的份也一飲而盡了。坐下來以後，彌香已筋疲力盡。二號的嘴唇微微震了一下。

「快、找人來、幫忙。」

見彌香沒有動作，二號又堅定地說了一次：

「快、找人來、幫忙。」

彌香慢吞吞地站起來，走到二號看不見的地方，從包包底部撈出手機，按下電源，打開通訊錄。媽媽的名字躍上螢幕，彌香猶豫了一會兒，撥了電話給媽媽。她心想，要是媽媽問「妳是哪一個彌香？」，她就要立刻掛電話。媽媽馬上就接了。

「喂，彌香？妳在哪？」

聽到媽媽心急如焚的聲音，彌香心一軟，淚水便搖搖欲墜。她不禁回頭望向二號，但那裡已經空無一人了。二號就像變魔術般被回收了，而彌香似乎也早就做好了心理準備。

「喂，彌香？」

彌香把傳出媽媽聲音的手機用力抵在耳朵上。

「妳人在哪？」

聽媽媽的語氣，現在如果不回話，媽媽立刻就會哭得死去活來。

「我沒事，我還記得回家的路。」

這是二號為了讓彌香安心時所說的話。電話那頭的媽媽聽了鬆一口氣，帶著濃濃的鼻音道：「說什麼傻話。」

彌香突然想起二號曾經輕拍她的背，不由得淚眼婆娑。一想到如果被回收的是自己……不知會有多恐懼、多痛苦。二號承受了這麼多，為什麼還能那麼溫柔呢？

二號說過「我與妳同在」，既然她這麼說，那便是事實。彌香要帶著二號無與倫比的痛活下去，儘管那些痛楚只有二號自己感受得到，但彌香深知那到底有多痛。正因為彌香能感同身受，二號才會以身作則，要彌香以後也溫柔地拍拍別人的背吧。彌香現在的體悟，恐怕不論怎麼對爸媽解釋，他們都不會明白。她望著原本二號所在的地方，柏油路上立著兩罐被她喝完的保特瓶。蓋子都有拴緊，瓶身直挺挺地朝向天空，彷彿在宣告它們並不是垃圾。

彌香覺得現在這份體悟，就算爸媽不懂也無所謂，但還是要告訴他們。彌香握著手機，心想但願自己的聲音聽起來真的沒事，緩緩開口：

「我沒事啦。」

媽媽連連應聲，似乎正在用面紙擤鼻涕。

聽著電話那頭的聲音，彌香覺得自己遙望到了比父母鋪好的路更遠的景色。

「沒事的。」

彌香不是任何人的所有物。她朝著自己的未來，又重申了一遍。

7
汗水

「他最近好像在寫小說呢。」

老婆友美說道。

「嗯、嗯。」近田邊吃晚餐邊回應，其實根本沒搞懂是誰在寫小說。他甚至在心裡嘀咕，為什麼晚餐要吃荷包蛋和培根？

當然，他沒有多問。光是想像開口後老婆會怎麼反駁，就覺得乖乖閉嘴比較好。

就在近田嚼著硬邦邦、已經焦成炭的培根時，友美不知為何音色一沉：

「而且看起來是科幻小說。」

聽到「科幻」這兩個脫離現實的字，近田抬頭問道：

「科幻？」

友美見近田終於產生興趣，將身子往前挪了一點。

「對啊，科幻小說。沒想到心有這樣的興趣，還是你本來就知道了？」

心是近田與友美的兒子，就讀小學五年級。

近田恍然大悟，原來是指心啊。

「哦，心居然在寫科幻小說。為什麼會選這個題材呢？」近田嘟噥道。

「很好奇對吧？」

友美似乎很高興老公終於與她產生共鳴，得意洋洋地說著。

星期六的午後，客廳的桌上擺著心沒收拾好的筆記本，近田隨手拿來一看，封面上用紅色麥克筆寫著大大的「雨雨幸運草雲團」，旁邊漂浮著許多水滴的圖案，看起來既像眼淚，又像火球，但應該是在畫雨珠吧。近田心想，原來這就是心的科幻小說啊，接著他從廚房拿了啤酒和柿種米果，再度坐回客廳的沙發上，翻開筆記本。

登場角色：植物機器人帕羅羅——在這串文字底下，畫著一株擬人化的幸運草，他的手變成了手槍的形狀，一旁有個垂頭喪氣的鬍子男被綑綁起來，看模樣應該是個小偷。

故事描述二四五九年，植物機器人肩負起捍衛地球的使命。植物搭載了人工智能，不論罪犯逃到天涯海角，植物機器人都能透過植物網路將壞蛋緝拿歸案。

植物機器人也在法院負責執法，由地球上所有的植物透過網路協議，判決有罪或無罪。法官必須由從未犯過罪的人來擔任才公平，而在地球上，只有植物擁有這份權利……心如此寫著。

一旦判決有罪，植物機器人就會引導昆蟲執刑，讓昆蟲啃噬罪犯全身。由於這裡的描寫太過殘忍，近田不由得把頭從筆記本中抬起。

明知只是孩子寫的東西，不必當真，但近田卻有些擔心。要是跟友美說，她一定會大驚小怪，還是別告訴她比較好。他決定裝作若無其事，自己先找心聊聊。

忽然間，近田彷彿回到了學生時代。他想起自己以前在班上時，總是跟同學有著一層隔閡；也不禁心想，不知道心又是怎麼看待他每天上學的班級呢？

§

決定和心聊聊後已經過了一週，近田卻始終找不到機會開口。眼前的心正一屁股坐在客廳地板上，翻開「雨雨幸運草雲團」筆記本專心地畫畫。抱著洗衣籃的友美大喊：「不要把地板弄髒喔。」但是心非常認真，連回應都忘了。

近田知道，心一定是在畫昆蟲啃食人類的場景。他瞥見畫裡的人從腿部流出像血的東西，那些血不像漫畫一樣噴得到處都是，而是靜靜地流淌，反倒顯得非常逼真。

近田瞬間回到了國中時的自己。他坐在昏暗的樓梯底下靜靜地等待，究竟當時的他在等什麼呢？他覺得一切都好虛假，口中不停唸唸有詞：「今天一定要揭穿這一切。」

一雙從短裙伸出的古銅色長腿，正好通過坐在樓梯底下的近田面前。那雙腿彷彿剛烤好的金黃色鬆餅，或許是因為有流汗吧，肌膚泛著微光，看起來非常飽滿，像是塗遍了奶油。近田母親的雙腿顏色很難形容，硬要說的話大概介於紫色與膚色之間，膚質有點鬆弛，就像兩團肉。相較之下，這個女生的腿，後側雖然也有點曬黑，卻不像正面這麼明顯，是健康漂亮的小麥色。

當近田回過神來，手上的美工刀已經刺向女生的大腿後側了。遇襲的女生原本還不曉得發生什麼事，笑著回過頭，然而一看是近田，臉色立刻垮了下來。

前幾天，近田在中庭時突然被這個女生嗆「看什麼看」，近田明明就沒盯著她，卻遭她數落了一番。

這都是近田砍貓咪腳丫的謠言害的。近田本來就跟班上同學不熟，但現在又更加疏遠了。不論是人或風景，近田覺得全部都很虛假。就在那時，突然冒出了一句「看什麼看」，女生不爽地瞪著近田，她的神情讓近田感覺很真實；他心想，自己總算遇到活生生的人了，卻又不敢肯定是不是真的。搞不好只是要騙他。世上的一切果真如電影一樣，只是映照在銀幕上的幻影罷了。近田好想把虛偽的銀幕撕裂，看看後頭的真實世界。

與其說是拿美工刀行刺，近田更像是想在眼前鬆餅般的大腿上劃一刀。沒過多久，一條紅線隱隱浮現，滲出血來。這一幕不像近田所想像的那麼痛，女生循著近田的視線，狐疑地望向自己的大腿後側，這才放聲尖叫。近田完全沒想過接下來該怎麼辦，老師們立刻趕了過來，但他沒像刑事劇演的一樣當場遭到逮捕，只是被團團包圍起來。血也沒有滴到地上，感覺一切都只做了一半。

後來發生的事情也彷彿和自己無關，如今回想起來一點也不真實。女生只受了點輕傷，雙方家長達成和解，只要近田轉學，一切便可息事寧人。母親在游泳課認識的人是開玻璃工房的，近田畢業後便受到那裡的老闆諸多照顧，現在也還在工房當玻璃工藝師。

待在火爐前吹玻璃時，近田總是汗如雨下，汗水滴滴答答地從身上滑落；這時，近田才覺得漸漸找到了自我。

在訂購玻璃工藝品的家飾店，近田認識了任職於此的友美。兩人結婚，生下兒子心，國中時一切都很虛假的感覺，從此煙消雲散。東西亂扔的客廳，塞得亂糟糟的壁櫥……明明是家家戶戶都有的樣版風景，近田卻一點也不覺得虛假。儘管房子是租來的，卻住得安心自在，感覺這裡就是自己的家，或許是因為有兒子和老婆友美陪在身旁吧。看著家人時，他們也會看著你，光是這樣，就讓近田感到與世界很親近。有了孩子後，他與地球的核心彷彿連在一起，每天都很踏實。不像國中時的他，只因為沒人關心，就覺得自己被全世界遺棄。

最後，近田沒能和心談談「雨雨幸運草雲團」。直到五年後，近田才感到後悔莫及。

§

家裡打了電話到工房來，這是前所未有的事。近田心想恐怕是出了什麼意外，趕緊結束工作，撥了通電話回家。友美立刻接了起來，驚慌失措地喊著「怎麼辦、怎麼辦」，好不容易問完詳情，才知道是心在學校闖禍了，近田便連忙趕去學校。那時心已經放學了，但還有幾名老師留在學校，不知在討論些什麼。

據訓導主任所言，心突然把女導師從樓梯推了下去。「他不是故意的，應該是不小心才釀成意外。」近田盡可能冷靜地回答，但訓導主任卻板著臉搖搖頭。問題在於推下去之後，心竟然低頭望著摔倒的導師大叫：「我要把妳碎屍萬段！」訓導主任表示，校方認為此事非同小可。

近田步出校門時，天空已經染上粉橘色，體育館內劍道部高亢激昂的喊聲隨風而至。

心應該會被退學吧，如果真的鬧到那部田地，都是他這個爸爸的錯，或許他應該早點和心談談。這下該怎麼讓校方原諒他呢？總之先和心一起去向導師賠罪吧。想到這裡，近田突然憶起國中時的自己。他曾經脅迫同學砍斷貓的腳，否則就不放過對方，而那位同學也真的砍下了貓的腳丫；但當天近田回家時，卻在廁所吐了。明明是自己下的命令，然而事發之後，他卻無法承受。從來沒有人告訴過他會這樣。心一定也不明白，他不明白放話把人碎屍萬段有多麼可怕，更不明白那些話終有一天會報應在他自己身上。

回到家時，一切都變了。家中的擺設，面紙盒所放的位置明明都跟出門前一模一樣，氣氛卻沉重得不得了。為了讓氣氛輕鬆一點，友美不僅強顏歡笑，還做了慶祝時才會吃的炸蝦，直挺挺的蝦子尾巴看起來非常不合時宜。近田想，心一定跟他一樣，覺得一切看起來都很虛假。

到了晚餐時間，心還是不肯進客廳，連友美端去給他的飯糰也一口都沒碰。

晚餐後，友美啜泣起來，近田只能不斷安慰她，說不會有事的。確定友美睡著後，近田在壁櫥翻箱倒櫃，尋找「雨雨幸運草雲團」筆記本。他總覺得，只有透過那本筆記本，才能一探心的內心世界。

友美把心讀小學時的東西都收在一個紙箱裡。紙箱蓋子上寫著大大的「心的回憶」，以及不會畫畫的友美依樣畫葫蘆所描繪的書包和鞋子圖案。打開箱子，裡頭整整齊齊地擺著作文和考卷的資料夾、直笛、書法用具。看到心小學三年級畫的「我的爸爸」時，近田內心受到一股衝擊。那是用簽字筆畫的，連小細節都刻劃得很仔細，齒輪圖案的T恤令近田相當懷念，一旁歪歪扭扭地寫著「爸爸是做玻璃的師傅」，但近田知道一切都回不去了。「雨雨幸運草雲團」就壓在這幅畫底下。

他把筆記本留下，將其他散落一地的東西收回箱子裡。就在此時，大門隱約傳來喀嚓一聲。近田連忙趕去玄關，發現心的運動鞋不見了。心餓著肚子，說不定是去便利商店了。近田如此心想，飛奔出門。

他立刻就找到心了。心愣愣地站在自動販賣機前，顯示器的光芒照亮了他的臉龐，他面無表情，連在生氣還是難過也看不出來。心茫然地杵著，大概是沒有錢吧。想到這裡，近田掏了掏自己的口袋，發現不只錢包、手機，連鑰匙都沒帶，唯獨左手緊緊握著「雨雨幸運草雲團」筆記本。

心望向他，近田頓時手忙腳亂，最後只能像跟上司打招呼一樣，擠出一句

「你好」。心也嚇了一跳，雙眼瞪得老大，當他注意到近田拿著筆記本，立刻就擺出抗議的表情望向近田。

「跟那無關。」

心說道。

這應該是指，此次事件與「雨雨幸運草雲團」無關吧？

「看來，你也有想守護的東西。」

聽近田這麼說，心顯得有些詫異。

「你想守護這個吧？所以才說跟它無關。」

心凝視著近田遞出的筆記本。

「既然這樣，就不該說什麼要把人碎屍萬段，因為——」

近田拿著筆記本的手，朝天空高高舉起。

「這可是你靠自己的力量憑空創造出來的，你捨得弄髒它嗎？」

心抬頭茫然地望著筆記本，接著看向近田。或許是被近田過於嚴肅的表情嚇到了，心的淚水奪眶而出。

「我不是故意的。」

他應該是指，自己不是故意把導師推下樓的吧。見心那副懊惱的模樣，近田已經完全明白了兒子的心境。

「誰叫導師一直以來都不關心我，我才——」

才想趁導師注意到他時，故意講些非常傷人的話吧？就像自己刺傷那個女生一樣。刻意放話傷人，想令對方永生難忘。

心仍在哭。

「我覺得這好像不是我的手。」

心哽咽地說著。近田腦海中浮現心推下導師後，錯愕地望著自己雙手的模樣，一顆心揪了起來。

「別擔心，會沒事的。」

聽近田這麼說，心抬起頭。

「怎麼做才會沒事？」

心哭喪著臉擠出這句話。

其實近田也不知道，但他只能多開導兒子。他要不厭其煩地陪心說話，再來思考怎麼做對心最好。

「慢慢就會好了。」

聽完近田的話，兒子似乎安心許多，聲音也比剛才開朗了一點。他小聲地說：「希望真的會好。」

「會啊，植物機器人都看在眼裡，他們可以證明你不是壞孩子。」

心總算露出了靦腆的笑容。

「爸，可是那是虛構的。」

心說完後，思考了一下：

「就算不是虛構的也一樣，他們沒辦法幫我。因為我待在沙漠裡，根本沒有植物。」

心說道。

近田原本想安慰心，告訴他沒有那回事，但對心而言，教室就是一片沙漠。不論近田說些什麼，兒子恐怕都聽不進去。他唯一有把握的，就只有汗流浹背地吹玻璃而已。

想到這裡，近田身上彷彿竄過一道電流。接著，他緩緩開口：

「你不知道，其實沙漠裡埋著很多從遠方隨風飄來的植物種子。」

「種子？」

心呢喃道。

「對啊，雖然你看不到，但沙漠裡還是有植物。」

近田想起了國中時的班級，有和他黏在一起的死黨，有裝模作樣的女生小團體，還有被他欺負的同學。是啊，只是看不到而已，沙漠裡埋藏了各式各樣的種子，只是尚未破土而出。

「等到雨雲飄來，開始下雨，沙漠裡的種子就會同時發芽。」

心默默地聽著。

「下雨的話，說不定沙漠教室也會變成花海。」

近田說著，將「雨雨幸運草雲團」的筆記本交到心的手上。心的目光落在自己畫的封面上，低聲說：

「植物有在看我嗎？」

「有啊，他們都看在眼裡，所以不會有事的。」

儘管毫無依據，近田還是斬釘截鐵地回答。

「走，回家吃點東西吧。」

近田朝家裡邁開步伐，從街燈照射下的影子看來，心也抱著筆記本跟了上來了。

近田想為心創造雨雲，一片能讓植物發芽的雨雲，讓心即使身在沙漠，也能活下去。他要吹出一塊能安撫兒子惶恐的玻璃雨雲。

但願心能握著這塊玻璃雨雲，另一手抓住自己創作的故事，走得比我更遠，即使慢吞吞地走也沒關係。

近田踩著夜色，心裡如此祈禱。

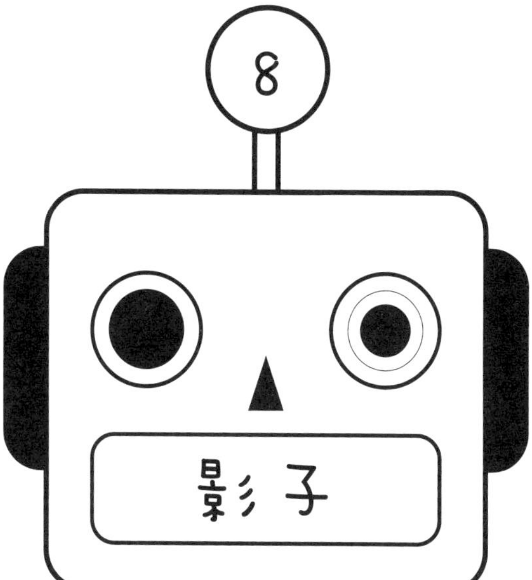
8
影子

早上起床時，白米已經一動也不動了。白米是明日美飼養的白貓，但不是真正的貓，而是一種叫做仿貓的寵物型機器人。仿貓是「仿生人機器貓」的縮寫，但如今不只貓，就連狗型、鸚鵡型等人工寵物也都叫做仿貓。

「這太奇怪了吧。」明日美的老公嘟噥道。仿生人不就是人形機器人嗎？貓怎麼會是仿生人？明日美聽了，忿忿不平地道：「胡說什麼，仿貓當然是人啊。」有時仿貓還比家人朋友更親密呢。老公似乎不是很明白，老婆為什麼會對那種只是透過氣壓來調節動作的東西這麼有感情，但他不敢說出口。夫妻倆都不年輕了，深知一旦因為此事起了爭執，感情只會變差。

不過，當老公得知白米不會動了，還是嘗試各種方法，盡力幫老婆修理。但白米已經非常老舊，而且規格很特殊，唯一的收穫就是知道用一般方法不可能再度啟動牠。明日美希望至少可以把白米累積的資料拷貝出來，但看來也行不通。「白米或許跟國家機密有關吧？」老公神情肅穆地說，但老婆壓根就不信：「修理方式都查不到了，你還有閒功夫扯這個？」老公一直努力到最後一刻，實在沒辦法了，才從椅子上起身。

他等等要出席老客戶演藝經紀公司開的宴會，「對不起啊，偏偏在這麼要緊的時刻……」老公邊道歉，邊繫上高級領帶。「回程我買隻新的仿貓回來。不在網路買，我會去實體店認真挑，挑一隻最像的回來，所以妳不要這麼難過了。」

老公連珠砲似地說完這句話便出門了。

「原來我這麼難過啊。」聽他說完，明日美才發現自己的心情。她從玄關回頭望向客廳，白米被浴巾包成一團扔在一旁。

平常這時候，白米一定會在盥洗室洗衣機的抽屜裡睡覺。洗好並烘乾的衣服會自動摺好收進抽屜裡，白米便在暖烘烘的衣服上幸福地打盹。

明日美將不會動的白米抱起來。牠已經斷電好幾個小時，肉球都變得冷冰冰的。白米其中一隻前腳的關節處曾被砍斷，後來有人幫牠縫好了。明日美用手指摩挲著細緻的縫線，她很喜歡這道縫線，但不曉得為什麼牠會受傷。難道真的如老公所說，是在出機密任務時留下的？牠的腳是在什麼情況下斷掉，又是怎麼接回去的，白米的體內應該都有資料，但已經沒人看得到了。不只腳，明日美與白米共度的時光，像是牠肚子餓時雖然面無表情，卻會像小孩一樣撒嬌討食物，那些動作同樣再也沒有人看得到了。

白米原本是明日美老家飼養的白貓的名字，是一隻活生生的貓。當時明日美為了當上偶像，整日在外奔波，很少回家。白米從她小時候就養在家裡，因此明日美總覺得白米在家是理所當然的。

偶像的網路人氣排行榜每秒都在更動，如股票般瞬息萬變。有時排行十幾名的偶像，不知為什麼轉眼間就跌落到一千五百名上下，因此一點也不能鬆懈；儘管如此，明日美還是努力維持在百名以內。只不過，這可讓她付出了龐大的代價。她聽說有買榜系統，便拚命打工賺錢（結果只是騙局一場）；見競爭對手有機會紅，就背地裡抹黑對方；一發現自己的名次可能下滑，就自導自演一些醜聞，幫自己炒新聞──為了維持名次，明日美簡直不擇手段。

直到某天她回家，才得知白米過世了。白米很長壽，活了二十一歲，家人都說沒辦法，畢竟上了年紀，明日美只好接受。當時相關業者已經將遺體收走，因此明日美對於白米過世一直沒什麼真實感。原本她以為自己待在家裡的時間不長，只要埋首於工作就能轉移注意力，但她卻突然失去幹勁，再也沒有力氣當偶像了。明日美自己也不明白為什麼會這樣，原本她總想著要自己闖出一番名堂，但白米的死，卻讓她突然感覺心中缺少了一塊，彷彿一切都無所謂了。

就在那時，她收到了電視台生活綜藝節目的製作人，也就是現在的老公所送的禮物——一隻長得很像白米的仿貓。老公說那是在電影宣傳活動中認識的人割愛給他的，原本是電影道具，雖然型號很老舊，但做工非常精緻，不是市面上的仿貓所能比得上的。

新白米比本尊更機靈，馬上就懂得配合明日美的生活作息，但也許是明日美配合了白米的生活作息吧。

明日美宣布不再當偶像，當下雖然引發不小的騷動，但轉眼就平息了。她看透了演藝圈內的生態，非常乾脆地辭掉了所有活動。儘管也有人為她惋惜，但她不想不上不下地拖著，也沒有毅力再去大量承接薪資愈來愈低廉的工作。

之後過了一陣子，明日美與送她白米的老公交往、結婚，生下兩個孩子；現在兩個孩子分別住在倫敦與京都，而住在京都的已經結婚了。孩子們都不曉得明日美年輕時當過偶像，這種陳年舊聞也不會有人去查，只會如一粒灰塵遺落在網海深處。除非有好事之徒特地去挖八卦，否則根本不會有人知道。

明日美年輕時的回憶，就如同沉眠在不會動的白米體內的記憶。在僅能容納三十人的地下Live House[1]，每當明日美於髒兮兮的後台聽說了別人的醜聞，就會焦慮到全身緊繃，還得一天到晚查看網路排行，就算只提升了一個名次，仍會高興得彷彿飛上天，但如今她只記得有這麼一回事，再也回想不起當時的感覺了。明日美不當偶像後過了大約三年，某天偶然在螢幕上瞥見和她在同一個團體，但名次比她低的女生，僅於第五名維持了二十秒。明日美愣住了，她突然想起以前後台的氣味，胸口一緊，憶起曾在那裡隱約聽見小嬰兒的哭聲；這些記憶倒是很鮮明。

她還記得自己曾經拿草莓扔老公，理由倒是忘了。老公只是默默地將摔爛的草莓撿起來，將還能吃的洗一洗餵給孩子們。明日美覺得自己就像那些摔爛

1 中小型音樂展演空間，演出者多為樂團或獨立音樂人。在日本，也是地下偶像的主要活動場地。

而被丟進垃圾桶的草莓；直到現在，有時半夜起床經過廚房，那股憤怒仍清晰地襲上心頭。

房間的燈自動亮了，明日美看向時鐘，已經傍晚六點，紅通通的夕陽悄然無聲地照進了屋內。原來明日美已經待在不會動的白米身旁，一動也不動地坐了許久。從寬敞的窗戶望出去，夕陽逐漸下山，當太陽被雲朵隱蔽，雲的裂隙看起來就像擦傷一樣泛紅。雲的另一頭，有著正在燃燒、殞落的太陽。明日美愣愣地想著，原來天空也會痛啊。

不經意地一瞥，明日美發現不會動的白米產生了影子。白米已經不在了，卻依然會留下陰影。牠拖著小小的影子，就跟坐在旁邊，還活著的自己一樣。明日美看到影子恍然大悟，去世的白米就在這裡。牠留下陰影告訴明日美：我還在。明日美瞬間頓悟——原來，已經不在的東西，也仍存在。

她腦海中突然閃過「薛丁格的貓」一詞，那是一個想像的實驗，在特定條件下將一隻貓鎖進箱子裡，箱裡的貓便「既是生也是死」。明日美不明白為什麼動物能夠既是生又是死，但她想起了當偶像時的自己。那時她的臉上雖然掛著笑容，拚命地手舞足蹈，但內心其實惶惶不安，她終日擔心著數字，一點也沒有活著的感覺。或許，「既是生也是死」就是那麼回事吧。

結束漫長預演的次日清晨，明日美在回家的路上，與十字路口上魚貫而行的上班族擦肩而過，他們各個面無表情、動作呆板，彷彿一群喪屍。當時她心想，自己一定也和那些人一樣，像具行屍走肉。排行榜名次較高時，她認為自己還算占有一席之地；可是每當名次溜滑梯，她便難過得垂淚，哀嘆世上沒有自己的容身之處。這個世界只容得下「擁有」條件的人，必須長得漂亮、身材好、反應機靈、不屈不撓、好運連連──而「失去」這些條件的人，只能黯然下台。

和老公結婚後的日子過得很平淡，但這就代表生活乏味嗎？倒也未必。所謂幸福並非活得轟轟烈烈，因為平凡也是一種幸福。真正握在手裡的，是淡如水的生活。

明日美心想，白米如果真的在特務機關工作，那牠應該有成功避免悲劇發生吧？或許很多人的性命因此得救。若牠以身犯險，失去一隻腳，卻得以保護他人，不正代表「失去」的背後就是「擁有」嗎？在這個世界上，得與失是並存的，人生是由「擁有」與「失去」堆疊而成，但有時我們卻只在意「失去」，認為「擁有」才是一切，因此大悲大喜、患得患失。可是，或許那些都是不必要的，因為得與失兩者是並存的。

十幾歲時欲望無窮無盡，總以為「擁有」才是標準答案，無法面對人生中的「失去」。因此，當白米不在了，明日美無法承受，認為一切都破滅了。

三十年後，這次白米再度離明日美而去，但她已經能夠接受「失去」了。

一想到白米真的走了，明日美覺得很驚訝，原來自己已經能夠這麼坦然地接受親人過世。

明日美對丈夫發了一封簡訊，寫著：「我暫時不想養貓，你快回家吧。」老公立刻就回訊了：「咦？是嗎？那我帶一些豆皮壽司回去。」明日美不懂為什麼不找貓就要帶豆皮壽司回來，但這樣就不必煮飯了。她想再眺望窗外，於是坐到不會動的白米身旁。天空與其說是紅色，更像紫色、灰色又摻雜著粉紅。她曾經見過白髮蒼蒼的老婆婆，到美容院把頭髮染成這種色調。望著夕陽交織著色彩，明日美心想：

天可沒有塌下來，只要日子過得去，不就是一種幸福嗎？

平凡無奇也很幸福。睡前洗米、早上切高麗菜、牽著孩子的手趕公車、氣個半死但看到老公可憐兮兮的模樣卻忍不住噴笑……如此平凡地結束一天，沒有任何恐懼地鑽進被窩裡，相信著明天一定會來臨。這些日子白米全都看在眼裡，儘管那些記憶已經無法取出，但平靜安穩的生活，就在明日美身旁。

「你是這個意思吧？」

明日美對著白米說話。白米發不出聲音，卻用影子給了確切的答覆。

她把手掌像聽診器一樣擺在自己的胸口，尋找心臟，然後大口深呼吸，想證明自己活著。血液的流動，以及器官運作的些微震動，傳到了掌中最柔軟的地方。感受了一會兒，突然從身體深處傳來噗通一聲，掌心底部用力動了一下。那就是心臟的聲音。震動十分強烈，彷彿鯨魚從遠方游來，破海而出。

明日美撫著胸口，遙望天空。看著如字如畫，或僅僅是無意義地不停變換顏色與造型的彩霞，明日美覺得自己就像個在等待什麼的孩子。然而，想起現在等的是豆皮壽司，她不禁自個兒笑了起來。

9
傷口

到了約好的那天，真奈美被巨大的咚咚聲驚醒。地板正上下左右搖晃，等到回過神來，她已經坐起來，拿毯子將自己從頭到腳包起來了。望著吊燈緩緩畫圈，真奈美將脖子縮進毛毯裡，心想這一定是天要塌下來了。一直到晃動停止後，真奈美依然站不起來，過了一會兒才想起要打開電視。主播語速緩慢、鄭重地反覆播報著地震新聞。看新聞報導，真奈美才知道情況有多嚴重，原本她以為自己住的地方已經晃得最厲害了，但看來西邊的震度比這邊還大。今天要赴約的地點不曉得有無受到影響，光從電視報導實在看不出端倪。

走進廚房，餐具都平安無事，唯獨裝著聖誕老人蠟燭的小碟子摔破了。這是前一天停電時，真奈美慌忙找出來的蠟燭，聖誕老人的身體已經熔了一半，露出燒焦的燭芯，滾落在陽台窗邊。

§

昨晚十一點左右突然停電，真奈美衝出屋外，發現住同一棟公寓的男子頂著一顆濕答答的頭，正茫然地望著房子。他說他淋浴到一半，突然變成冷水。過了一會兒，又出現三名男住戶，大家都很困惑怎麼會突然停電。鎮上燈火通明，看來只有這棟公寓被斷電。這裡的格局都是小套房，有二十戶左右，但跑出來的卻只有五人，表示光是五人用電就跳電了，大家都覺得不可思議，畢竟照理說這是不可能的。

其中一位住戶撥了電話給電力公司，真奈美則回到自己的房間。她記得家裡有個聖誕老人蠟燭，找到以後，便靠著燭光等待通電。她盯著聖誕老人紅通通的臉頰逐漸熔化，想起阿嘉莎．克莉絲蒂的小說《一個都不留》。故事描述每當一具人偶倒下，就會有一個人被殺。真奈美望著白牆上翩翩搖曳的燭影，想起自己明天也要殺人。像這樣待在平常做菜的廚房裡，她真的很懷疑自己能否痛下殺手。可是箭在弦上，不得不發，她早就下定決心了。但事到如今，她內心依然會怕，恐懼與不安令她反胃。到了明天，一切就會結束了。盯著蠟燭微弱的燈火，真奈美不斷這麼告訴自己。

§

當時的停電，或許是這場地震的前兆吧。真奈美不停切換電視台，目不轉睛地盯著螢幕。電車等交通設施全數癱瘓，而真奈美滿腦子都在想著今天該解決的事，她好後悔當初怎麼沒有討論這種狀況下該怎麼辦。

前一天的真奈美就像個要去遠足的小學生，把殺人該做的事全都準備好了。她親手將拿到的白色藥粉裝進透明膠囊，藏入襯衫胸前的口袋以方便迅速掏出。襯衫是她為了這天特地買的，有著大大的口袋，要價八千九百日圓。她把襯衫燙好，將摺痕仔細熨平，完全看不出是新買的。

只要把膠囊捏破，將藥粉倒入神山聖子老師的飲料裡，藥粉就會立刻溶解，待真奈美回家幾個小時後，老師將會毒發身亡。「沒問題的，絕對不會穿幫。」里枝點頭鼓勵她。里枝還說，這種藥物已經被使用過很多次，鑑定結果全都是病死。她的語氣非常輕快，彷彿在分享一件趣事。

神山老師是一名小說家，真奈美曾擔任她的編輯。當時真奈美任職於一間主要出版手工藝書的小出版社。告訴她沒問題的里枝則是神山老師的妹妹，擔任類似神山老師經紀人的工作。

真奈美關掉電視，自顧自地想著都遇到大地震了，計畫說不定也得暫停，於是撥了電話給里枝，但電話卻打不通。可能大家都忙著跟親朋好友報平安吧。

這裡雖然離震源很遠，但電話照樣不通，不過也有可能對方正打電話過來，而聯繫不到彼此。

她再度打開電視，果然每一台都在播報地震相關的新聞。剛開始說有十八人死亡，現在已經將近三百人了。新聞內容沒什麼變化，唯獨死亡人數正以駭人的速度攀升中。看直升機的空拍畫面，大街小巷陷入一片火海，冒出好幾團濃煙。

再等下去電話恐怕也接不通，真奈美決定出門走走。街上出奇地安靜，明明電視上報導得那麼悽慘，電車車程三十分鐘外的這裡卻一如往常，令真奈美感到錯亂。

她找到了公共電話，電話卡插得進去卻沒有反應。投入零錢後，總算撥通了。兩人聯絡上後，話筒那頭傳來安心的嘆息聲，看來里枝也打了好幾次電話過來。

真奈美對里枝說明狀況，表示交通已經癱瘓，無法前往老師家，今天恐怕很難下手。但里枝認為既然下定決心，就該儘快動手，希望真奈美能儘量想辦法前往。

「這可是妳的大好機會耶，搞不好她已經因為地震而死了呢。」里枝笑著說。

「如果是那樣，妳還會遵守約定嗎？」真奈美低聲詢問，她從今天一早就對此耿耿於懷。里枝聽完回答：

「那當然，但妳必須確認她死了，拍照存證。」

里枝叮囑道。

真奈美心想，或許這真的是個好機會。只要對老師說，自己是擔心她的安危所以趕來探望，相信老師也不會起疑。醫院現在擠滿了傷患，情況一團亂，罹難者恐怕連火葬也排不到。即使神山現在過世，又有誰會注意到呢？

隔天，新聞播報有兩家私鐵[1]和JR電車部分恢復行駛，真奈美看到消息，趕緊出門。途中有些路段不通，只能徒步。不少細節電視都沒報導，究竟情況如何，只有實際走一趟才知道。

明明是平日，車站內百貨公司的美食街卻人滿為患，尤其麵包店和壽司店更是大排長龍。

真奈美也有樣學樣，到排隊的甜甜圈店買了神山老師愛吃的天使巧貝和蜜糖法蘭奇[2]，接著去搭電車。美食街擠得水洩不通，但電車卻空蕩蕩的，真教人感覺不可思議。真奈美所在的車廂只有五名乘客，其中一名男子帶著推車，上頭緊緊捆著裝煤油用的大桶子，但裡面灌的似乎是水，他還背著專業的登山

1 即民營鐵路。與JR不同的是，私鐵從最一開始就是私人企業營運的，JR則是由國營轉為民營的形式。

2 上述兩種甜品，皆為知名甜甜圈連鎖品牌Mister Donut的系列商品。

包，看打扮應該是要趕去災區。真奈美對自己穿著高跟鞋出門感到很慚愧，仔細觀察，大家都是穿運動鞋，就連看似輕浮的三名年輕男子，也都穿著略髒的運動鞋。其中一人昨晚似乎待在災區，正在大聲分享他救人的經過。

「有個被活埋一半的歐巴桑喊救命，我拚了命好不容易把她拉出來，結果她竟然對我發火，說我弄痛她。什麼跟什麼啊。」

聽了男子的話，其他年輕人都笑了。

坐在角落的中年女子愣愣地望著車外，手上的紙袋露出狹長的水煮螃蟹包裝。真奈美心想，她一定沒搶到麵包和壽司，趕快將自己買到的甜甜圈盒如寶物般抱緊。

忽然間，年輕人們安靜了下來，真奈美抬起頭，中年女子則起身，錯愕地盯著窗外。帶著油桶的男人，以及剛才聊得正起勁的幾個年輕人也全都站了起來，不發一語地凝視窗外。

真奈美也不假思索地起身，將視線移向窗外。電車旁飛逝的高速公路突然像被人踩了一腳般從中間塌陷，旁邊停著一輛巴士，看起來搖搖欲墜。這一幕電視台早已反覆報導，照理說並不陌生，但當乘客們親眼目睹，卻仍挪不開視線。車內一片死寂，明明聽得見電車的行駛聲，真奈美卻覺得自己待在一個超級狹小的無聲盒子裡。她能感覺到，車內所有人是如此地謙卑渺小，這是她從未有過的經歷。真奈美沒上過教堂，但她心想，做彌撒時大概就是這種感覺吧。

電車窗外的風景至此不變，電車愈往西跑，倒塌的住宅和商店就愈多。真奈美突然想起主播用毫無抑揚頓挫的聲音報導死亡人數——九十八人。五百三十二人。三千五百八十六人。接著是一串又一串毫無脈絡的名字。這個地方不過是傷口罷了，究竟深處還有多嚴重的傷，沒有人說得準。死者想必也會陸續增加，誰也無法掌握災情的全貌。真奈美領悟到這個殘酷的事實，盯著自己穿高跟鞋的腳。

車掌一直重複廣播電車只開到這一站，後面路段全數停駛，通車時間未定。真奈美聽著廣播離開電車，走到街上。

她小時候常在這一帶玩，連哪裡有小巷都一清二楚，但現在有太多房屋倒塌，景色也變得很陌生。放眼望去，有的房子塌陷，有的完好無缺，沒有一定的規律。才在感嘆偌大的宅院成了殘磚斷瓦，就見到彷彿隨時會被吹飛屋頂的鐵皮屋聳立在一片殘骸之中。

其中一棟房子已經燒個精光，像被連根拔起，殘骸清理過後只剩一塊空地，地表還隱隱傳來餘溫。有個老伯一直盯著那裡，手裡提著小型的全家便利商店塑膠袋，隱約可見裡面裝著一根新牙刷。

真奈美忍不住嘆了口氣。她接著吸氣時，卻讓房子燒焦的氣味一口氣竄進體內，迫使她慌忙向前走。走著走著，真奈美想起那棟燒焦的房子原本是一間洗衣店，每到夏天傍晚，身穿慢跑裝的老伯就會敞開窗戶，汗流浹背地拿著線材連接到天花板的大熨斗來燙衣服。客人們寄放在那兒的裙子和西裝，大概也都付之一炬了吧。

她回憶起自己有一件和姊姊一模一樣的紅白格子大衣，不過那時候還不叫大衣，而是叫外套。她與姊姊被帶去媽媽朋友家量身訂做，母女三人回程時連夜轉搭了好幾趟電車，那種惶惶不安的感覺如今也一併襲上心頭。

奶奶總是碎唸著小孩一下就長大了，訂做衣服太浪費。那時爸爸薪水微薄，家裡過得很吃緊，但不知道為什麼，唯獨真奈美和姊姊的衣服都是手工縫製的，日常便服由媽媽製作，比較正式的服裝則是委託媽媽的縫紉師朋友訂製。

爸媽讓姊妹倆換上剛做好的大衣，便帶著她們到祭祀惠比壽的神社祈求福竹。每次爸媽都會繞去神社境內的珍奇展看看，但也只有口頭詢問，從來不曾入內，真奈美與姊姊光是看著恐怖的招牌和黑白照片就已經夠害怕了，回家還會做惡夢。

真奈美一家住在爸爸公司的員工宿舍，真奈美心想，媽媽之所以讓姊妹倆穿成套的服裝，應該只是想向左鄰右舍炫耀我們家不一樣吧。畢竟就算訂做服裝，平常能穿去的地方也只有神社，可見純粹是媽媽的虛榮心作祟。或許在同棟宿舍的一隅，也有某戶人家正在和媽媽暗自較勁。說不定她每天都會聽到一些細瑣的風聲，像是誰誰誰家只是煮咖哩卻特地買高級的肉，連餐具都是在百貨公司買的咖哩專用盤等等。太太們都住在同樣格局的屋子，老公也從事一樣的工作，所以才更想要彰顯自己家跟別人不一樣。

§

不知從何時開始，真奈美變得很排斥和姊姊穿一樣的衣服。上學後，真奈美只要一看到字就不耐煩，姊姊卻愛讀書，兩人的差距轉眼便拉開了。後來忘記是什麼起因了，大家都拿她與姊姊比較，真奈美從此成了家人眼中的笨蛋。就是從那時開始，真奈美再也不願意與姊姊穿同樣的衣服。但姊姊不在意穿什麼，還笑著對真奈美說：「既然媽媽喜歡，就穿給她看也沒什麼不好呀？」

不論做什麼事都是姊姊獲得稱讚，自己被罵。姊姊開始向媽媽學刺繡，每個都繡得活靈活現，人見人誇。真奈美之所以學編織，就是因為不想被拿去跟姊姊比較。結果姊姊也開始學編織，而且不一會兒工夫就完成了圖案精緻的毛衣和襪子，於是真奈美再也不織東西了。

向來功課不好的真奈美，高中時努力讀書，上了一間還可以的大學，之後便窩在鄉下的一間小出版社。

相較之下，姊姊考上了一流大學，全家還歡聲雷動。但開學沒幾個月，姊姊說要環遊亞洲後便離家出走，再也沒回來，大學也中輟了。每次有人遇到爸媽，感嘆姊姊真是可惜，爸媽也總是笑笑地說是啊，但實際上卻是怒火中燒。

如今回想起來，姊姊不在的那幾年對真奈美而言，反倒過得安穩自在。媽媽對姊姊失望透頂，時常抱怨，但矛頭從不會指著真奈美，因此真奈美也總能耐著性子安慰母親。

然而，聽到母親告訴她，現在姊姊住在德國，還成了知名小說家，令真奈美如鯁在喉。而且姊姊似乎還入圍了英國知名的文學獎。

就在此時，里枝向她提起了殺人計畫。里枝同樣身為神山老師的妹妹，剛開始她只是把被姊姊欺壓得多辛苦、多悲慘的往事當作笑話分享給真奈美，但兩人愈講情緒愈激動，彼此推心置腹之後，便成了同病相憐的好姊妹。

真奈美只要與里枝聊過，心情就會好上不少；這點里枝似乎也一樣，兩人分別時，里枝總會若無其事地送真奈美名牌皮夾或是很難買到的熱門甜點，感謝她聽自己發牢騷。

至於殺人計畫，則是兩人大老遠跑去京都，只為了品嘗賞味期明明很長的西點時所談到的。開店前排隊時，里枝隨口提起計畫，真奈美知道那不是在開玩笑。兩人聊得專注，彷彿在討論該如何處理違規棄置的垃圾。是的，非常專注，情緒也很平靜，沒有一絲罪惡感、厭惡感，就好像只是得想個辦法處理一下。店開了，兩人跟隨入座，等待甜點上桌時，里枝開始從頭講解她構思的殺人計畫，聽起來不難執行。里枝承諾，只要真奈美願意替她下手，她就會實現真奈美的任何願望。兩人像孩子般對著上桌的甜點歡呼後，里枝充滿自信地點了頭，要真奈美儘管說。

真奈美心一橫，提起住在德國的姊姊。不論真奈美做什麼，只要一想到姊姊如此出色，心裡就不平衡，卻又不敢讓別人知道她會嫉妒。說著說著，眼淚便莫名其妙地冒了出來，真奈美抹掉淚水，擠出這句話——拜託不要讓姊姊得獎。里枝將真奈美的話聽到最後，連連附和。

「好，我絕對不會讓她得獎。」

她用令人毛骨悚然的聲音冷冷地說道。

里枝沒有解釋要用什麼方法讓姊姊不得獎。她露出無畏的笑容，說：

「想不到妳的願望這麼簡單。」

然後老神在在地望著真奈美，彷彿在宣告自己無所不能。

店員似乎拿錯餐具，只有真奈美的湯匙大了一圈，里枝見狀拍手大笑。真奈美哭完後，用大湯匙將轉眼就融化的鮮奶油舀起來送入口中，覺得自己彷彿變回了小朋友。里枝遞出的手帕上，繡著兩隻面對面的蜜蜂，真奈美覺得那就像小時候的自己和姊姊，接過手帕後，隨即摀住臉龐，又哭了起來。

§

愈往前走，瓦礫山就愈多。一開始行走時的區域，災情可能還沒那麼嚴重，四處可見尚未回收的垃圾一包包堆成山。然而現在這一帶大部分的建築物都倒塌了，或許是人手不足，沒有餘力清理垃圾，觸目所及一片凌亂，從昨天地震後便一直維持這副模樣。

不過還是有好心人整理了一條能行走的通道，看這樣子，走上兩個小時應該可以抵達神山聖子老師的家。真奈美與神山老師沒有任何過節，甚至很感激對方對她的照顧。但神山在她心中已然是過去式，對此，真奈美感到很焦慮，為了安撫情緒，她趕緊壓住胸前的口袋，檢查膠囊是否好好裝在裡面。

就在這時，真奈美身後突然傳來一聲「不好意思」，害她有些慌了手腳。向她搭訕的是一位年長女士，想請真奈美幫她一起將書架抬起來。原來她養的狗失蹤了，到處都找不到，女士很傷腦筋，心想該不會是被壓在書架底下了，但一個人實在搬不動，所以才來找真奈美商量，請她助一臂之力。真奈美覺得女士說話很客氣，對她頗有好感，便答應幫她，並隨女士一塊走。

女士邊走邊說話。她說發生這麼嚴重的災難，她卻顧著找狗還拉人幫忙，實在過意不去，可是對她來說，阿奇也是家中的一份子。

女士家的二樓已經變成了一樓。

「一樓就像紙氣球破掉一樣，扁塌塌的。」

女士說道。原本的一樓似乎是什麼店面。

「那天真的好奇怪，一早就在晃，我趕緊打開窗，發現鄰居也同樣開了窗，接著就傳來轟隆巨響，二樓塌了下來。鄰居家也是二樓塌下來，才一眨眼，就像慢動作一樣緩緩向下墜落。很荒唐吧？」

女士笑著說，她一直很想跟人講這件事，這下總算是說出來了。

「其實房子崩塌成這樣是非常危險的，照理說不能進去。」女士說著，熟門熟路地避開突出的木頭殘骸，進入房子裡。真奈美也跨越原本應該在二樓的陽台進到裡面，發現有三座比想像中還要巨大的書櫃倒在那兒。

女士解釋，櫃子裡的書擺了兩層，所以非常重。書櫃的玻璃已經粉碎，散落一地，女士卻光著腳，真奈美提醒「那樣很危險！」對方這才發現自己光腳似的，驚訝地說：

「唉呀，我太不小心了。原來我從昨天就一直光腳。可是真神奇，腳都沒受傷。」

兩人同聲吆喝，奮力抬著書櫃，書櫃卻文風不動。真奈美心想，想不到書櫃竟然那麼重，那一瞬間，她回憶起以前也曾經搬過這樣不動如山的東西。那是學生時代的事了，一名叫「G」的女孩的白皙側臉，倏然浮現於眼前。

真奈美就讀國二時，曾經企圖把一名叫「G」的同學從船上推下海。那時她與朋友三人全都衝了上去，「G」的身體卻動也不動，那種不舒服的感覺是什麼呢？真奈美恍然大悟——就像今天走來的這條街一樣，原本以為理所當然的東西全被否定了，一切都在搖晃。

§

真奈美發覺這是自己第二次想要殺人，突然覺得有些害怕，她這樣的念頭搞不好比平常人多很多。害怕以後又覺得諷刺，畢竟現在自己就是要去殺人滅口啊。

她心想，就跟那時一樣，同班的林不斷主導，漸漸就演變成得殺了G，而真奈美也沒有理由反對。如今回想起來，那可是殺人耶，或許是因為當時的人際關係既緊密又畸形吧？這點另一個女生也一樣。至於林，她似乎很害怕G。

「G肯定不是人。」剛開始還很懷疑的林，後來卻這麼一口咬定。那是學校流傳的一則都市傳說，據說有一種和人類一模一樣，叫做「影子間諜」的機器人混雜在人類社會裡。如果不幹掉G，就換我們遭殃了——林神色凌厲地輪流看向真奈美她們。聽她這麼說，真奈美與另一個女生也覺得被逼得走投無路。可是為什麼林會對G抱有那麼深的敵意呢？真奈美感到很疑惑。

有一點或許有關。當時明明還只是國中生，林卻堅稱她將來一定會上音樂大學。林在上體育課時，只要遇到籃球課或排球課，一定會在旁邊休息，理由是萬一手指吃蘿蔔就不能彈琴了。其他同學都在背地裡嘲笑她「自以為是鋼琴家喔」，也認為准許她休息的老師偏心。但林看起來一點也不在意那些同學，總是擺出一副「我跟你們不一樣」的態度，瞧不起大家。不過事情倒也沒鬧大，因為午休時間不時傳來的鋼琴旋律，實在太動聽了。

「林的鋼琴真的彈得好棒。」真奈美曾經不假思索地這麼稱讚她，但林只是面色凝重地盯著真奈美，然後不發一語地下樓。

畢業以後，真奈美才聽說當時林家因為家道中落，把鋼琴給賣了，林恐怕也斷了讀音樂大學的念頭，只是上體育課時依然在一旁休息。

G離開學校那天，在音樂教室辦了鋼琴演奏會。真奈美聽到G的琴聲，這才驚覺原來午休是G在彈琴，其他同學們應該也都察覺到了。

只要一逮到機會，林就會貶低G，說她根本不是人類。可是若非人類，又怎能演奏出那麼美妙的旋律呢？但是，真奈美又想，不，她應該不是人，那時在船上要推她落海時，她的腳就彷彿牢牢釘在甲板上，一動也不動。如果她是人，那種異樣的觸感又該如何解釋呢？

§

總算將重得不得了的書櫃抬起後，響起一陣高亢的狗叫聲，女士驚呼道：

「阿奇！」一隻咖啡色的小型犬在倒下的電視與沙發上蹦蹦跳躍，向兩人汪汪叫。

「你跑到哪裡去啦！」女士像抱住自己的小孩般摟緊小狗，阿奇哈哈地張開嘴巴，露出黑黑的牙齦，彷彿在笑。這一幕明明很可愛，卻令人有種不祥的預感。真奈美想起了自己該完成的工作。

女士抓起阿奇的前腳，幫牠揮手說掰掰。告別目送她的女士，真奈美埋首向前走，終於抵達了印象中來過的車站。到了這一帶，倒塌的房屋已經少很多了，無人的月台乍看也沒什麼災情，但仔細一瞧，時鐘有氣無力地垂落在一旁，只靠電線勉強掛著，指針則停留在早上地震發生的那一刻。

車站前的照相館也安然無恙，櫥窗並未破裂，擺在裡面那張神山老師的和服照也完好無缺。這似乎是得獎時拍的，每次老師經過這裡時都會嘟囔：「哎呀，看起來好胖，羞死人了。」

看到這張照片，真奈美卻突然擔心起老師的安危。明明是來殺人的，根本沒資格關心人家，但真奈美卻希望老師一切安好。

眼前是連綿的陡坡，好幾架直升機在空中盤旋，應該是報社和電視台派來的，不過也有可能是警察。真奈美不覺得警察從空中就能識破她，但還是把背拱起來，低頭行走。

神山老師家位在山坡上，最後的階梯很陡，就連年輕的真奈美都爬得氣喘吁吁。真奈美在玄關前調整呼吸時，神山老師正好將椅子從客廳努力搬到庭院。

見到真奈美，老師嚇了一跳，錯愕地問道：「妳怎麼來了？」真奈美也嚇到了，連忙說：「我擔心老師。」並遞出甜甜圈盒。老師隨即露出驚喜又感動的表情，彷彿小孩在院子裡意外挖到了寶藏。

老師說，這種感覺就好像發現了亮晶晶的生活碎片。她才講完，又笑著自嘲，自己身為作家，卻很不擅長譬喻。「這家甜甜圈店熟悉的包裝和配色，還有妳工作時的表情，都讓我懷念得好想哭哦。明明才過一天半，卻覺得普通生活已經是好幾年前的事情了。」老師一邊對真奈美聊著，一邊拿起卡式爐瓦斯罐，高興地笑著說：「找到了、找到了。」

老師家看似沒有受損，但水、電、瓦斯全都停了，因此老師趁著太陽下山前把提燈掛在院子裡的樹上，將桌椅搬到樹下，打算在院子裡吃晚餐。「因為停電，冰箱裡的東西全都退冰了，不如趁機把之前收到的高級松阪牛煎來吃。妳來得正好，我剛剛還在想這裡有兩片兩百克的牛排，一個人吃不下呢。」老師講話就像連珠炮，手腳也很俐落，不一會兒就開了瓶葡萄酒。「玻璃杯全都報銷了，在威尼斯買的也都碎了。」老師說著，將葡萄酒倒入馬克杯。

直升機依然轟隆作響。老師仰望直升機，單手拿起裝著葡萄酒的馬克杯，悠哉地哈哈大笑，朝著駕駛揮手。桌上擺滿了蟹黃醬、醬油漬鮭魚卵、乳酪蛋糕、鱈魚子、醃漬螢烏賊、吐司、吻仔魚等好料。

「有幾道菜是我為了配酒而珍藏的，這下乾脆全部吃光！」老師說著，喀地一聲打開鮭魚卵罐的蓋子，再度哈哈大笑起來。

真奈美專心地煎著肉片、香腸與洋蔥。天色愈來愈暗，老師抬頭望著隨冷風搖曳的提燈，突然舉起右手大喊：

「工作加油啊！」

庭院位在山坡上，可以俯瞰城鎮。街道如夜晚的海洋般昏暗，卻處處可見紅色的火光，大概是有些地方的火勢尚未平息吧。老師發現自己的音量被不絕於耳的消防警報與直升機盤旋聲蓋過，再度大喊：

「國難當前，工作要加把勁啊！」

接著，老師大口撕下肉塊，默默地嚼了起來。

真奈美也和老師一起吃肉。嚼著嚼著，想起自從來到這裡，老師還沒有對她抱怨過一句話。儘管房子沒事，但屋裡仍是一團亂，包括廚房、客廳，或許連寢室都是。老師今天有地方睡嗎？真奈美一面想著一面嚼肉，眼淚滑了下來。

她伸手要拿手帕，卻碰到了襯衫的口袋，摸到為了殺老師而填裝的膠囊。

她心想絕不能被老師看穿，趕緊拉了拉上衣趁機遮掩胸口。剛剛還那麼開朗的神山老師，現在卻生氣似地專心啃著肉。從客廳敞開的窗戶看得見屋內的模樣，屋裡一團混亂，連老師寶貝的書都翻開著散落一地，電視也搖搖欲墜，勉強被窗框卡著不動。

「啊～好想吃蠶豆～」

抬頭遙望天空的神山老師突然大喊。

「蠶豆剛煮好時會亮晶晶的，還會熱騰騰地冒煙，啵地一聲去殼就像幫小孩脫衣服一樣～啊～就算吃不到，讓我看一眼也好啊～」

老師大概是想吃蠶豆想瘋了，對著直升機大叫：

「灑點蠶豆給我吧～」

才剛喊完，老師似乎靈機一動，從椅子上跳了起來，像小孩一樣將身體靠向真奈美。

「嘿，妳知道嗎？」

老師說道。

「蠶豆不是有一條黑黑的線嗎？妳知道為什麼會有那條線嗎？」

真奈美向來不做菜，聽老師這麼問只覺得一頭霧水，但隱約記得翠綠色的蠶豆上有一條明顯的黑線。

「蠶豆、木炭、稻草一起去旅行。他們碰到了一條河，稻草自告奮勇當橋，將身體架在河面上。木炭先從稻草身上走過，可是河流很湍急，木炭一害怕便發紅、冒出火花，結果稻草就燒起來了，兩人都掉到河裡。蠶豆見到這一幕捧腹大笑，他笑得太用力，把肚子都笑破了，就在他樂極生悲的時候，一名路過的旅客用針線幫他把肚子縫了起來。因為旅客只有黑線，所以現在蠶豆的肚子依然留著黑黑的線。」

真奈美聽老師講完，才想起的確有這麼一則民間故事。

「蠶豆真是個混帳，居然幸災樂禍。」

「可是，妳不覺得那很真實嗎？」

神山老師望著真奈美的臉。

「見到他人不幸，反倒令人安心，不是嗎？」

老師說完，眺望著黑漆漆的街道。

「可是見到這麼多人犧牲，實在很難受。我好痛，非常痛，明明沒有受傷，卻疼得不得了。」

神山老師說著，雙手摀住臉龐，似乎默默哭了起來。這不是車站前照相館櫥窗裡身著和服、儀態優雅的老師，也不是撕咬著肉塊挑戰當大胃王的老師。見到眼前毫無防備啜泣的神山老師，真奈美在包包裡找起東西。她也不知道自己在找什麼，但總覺得該做點什麼。或許是長年擔任老師編輯所養成的習慣吧，見老師手足無措，她就是想幫忙。包包裡的手碰到了一個小袋子，她把袋子拉出來，那是一套隨身的針線包。
「老師，我帶了針線包來。」
聽真奈美喊道，神山老師抬起頭。老師的臉上依然掛著淚痕，讓她看起來一下子蒼老許多。
「老師，用這個吧，用這個縫起來。」
神山老師輪流看向真奈美的臉與縫紉包，問道：
「縫什麼？」
「傷口。」
真奈美回答後，反倒是她哭了起來，因為她想起自己也有偌大的傷口。傷口放得太久，已經深入骨髓了；還來不及癒合，又傷上加傷，反覆受創。可以的話，她真希望姊姊去死，否則她要怎麼活下去？真奈美心想，只要姊姊活著，自己就會活得很狼狽；一直在人前遮掩著這份狼狽的自己，實在很可悲。

「是啊。」

神山老師道，「把人的傷口縫起來，是我們的工作。」老師說著，接過真奈美遞出的針線包，問真奈美這能不能留給她做紀念。真奈美因為鼻塞無法出聲，只好不斷點頭。

鄰居家院子裡的暗處亮起了小小的燈，似乎是屋主拿了發電機等工具在操作。隨著燈光亮起，人們「哇～」的歡呼聲傳了過來。

真奈美聽到歡呼聲，心裡也跟著高興起來，這點老師似乎也一樣，明明剛才還垂著淚，現在卻笑容滿面地回頭看著真奈美。

真奈美與神山老師進到屋子裡，整理了一塊地方就寢。壁櫥門戶大開，棉被一下就拉出來了。

「幸好這是拉門，否則就麻煩了。」

老師笑著說。

鑽進被窩以後，兩人都睡不著，真奈美決定向老師自白，包括媽媽、姊姊、襯衫口袋裡的藥，還有她是來毒殺老師一事。儘管沒有供出幕後黑手，但老師默默聽著，似乎心裡有數。得知有人要謀殺自己，老師的表情卻絲毫沒變，只是呢喃道「可憐的孩子」；接著，又急忙解釋「我不是指妳唷」。

「我的意思是，主使者居然淪落到這種地步，實在可憐。」

「要報警嗎？」

真奈美問。

「怎麼能報警，都是自家人。」

老師說道。她果然知道主使者是自己的妹妹。

「而且妳也算自家人啊。」

想到老師是被自家人背叛，真奈美就替老師心疼。她想偷看老師的表情，但老師用棉被把自己裹得緊緊的。

「別擔心，我沒受傷。」
老師從棉被裡發出含糊不清的聲音。
「就算別人認為我很可憐，只要我自己不覺得，就不會受傷。只有自己覺得自己可憐，才會受傷。」
老師說完探出頭來。「沒錯——」她如發現新大陸般，用振奮的語氣道：
「只有自己傷害得了自己。」
老師堅定地說，彷彿在說給自己聽。
「我再補充一下蠶豆的故事好嗎？」
不等真奈美回應，老師便講了起來。
「根據軼聞，木炭、稻草和蠶豆在旅行途中，曾一度沒東西可吃，於是木炭與稻草便密謀要吃掉蠶豆，不過最後沒有成功。」
「有這回事？」

「嗯，或許蠶豆就是因此覺得自己很悲慘，所以看到另外兩人發生不幸，才會幸災樂禍地笑破肚皮吧。」

「蠶豆真是無藥可救。」

真奈美心想，就像她一樣。

「活得狼狽，大概就是這麼回事吧。」

老師低聲說完，突然提高音量：

「可是，旅客救了他，幫他把傷口縫起來。妳不覺得，這是一個改過自新的機會嗎？」

真奈美心想，或許吧，但她根本沒有資格改過自新。畢竟直到幾個小時前，她都還真心想殺了老師。

「我們啊，都是旅客。」

「咦？不是蠶豆嗎？」

「當然不是。我們的工作是隨身攜帶針線包，一旦發現破掉的地方，就立刻把它補起來。」

老師不是說「我」的工作，而是「我們」的工作。

「我沒那種資格。」

「說什麼傻話，妳看看街上和居民們，都亂成這樣了，還談什麼資格不資格？」

真奈美腦海中浮現今天一路走來看到的景象，想像起還沒見過的地方。那麼多傷口真的能縫補好嗎？可是，這裡的居民們還是得縫。或許，所謂活下去，就是反覆地縫補傷口吧。

「縫就對了。」

老師又說了一次，隨即遁入夢鄉。

§

到了隔天，兩人拿剩下的甜甜圈配紅茶當早餐，紅茶是用真奈美出門時從廚房抓進包包裡的茶包泡的。上午，真奈美留下來幫老師整理家裡，但老師說太陽下山就不好了，一直趕真奈美回家，還塞了一盒檸檬奶油夾心餅乾給她，讓她一路上能帶著吃。

老師拿夾心餅乾的手指白皙而修長，聊到渾然忘我時，總會情不自禁地擺動，彷彿鳥兒的翅膀。真奈美每次看到，都會感嘆老師的手指真的好漂亮，老師聽了總會把手藏起來，不好意思地說，因為家事都是媽媽和妹妹包辦，她什麼也沒做。

老師步出大門後，將自己的手掌抵在真奈美背上，輕輕推了真奈美一下，彷彿在催促她「快出門吧，路上小心」。真奈美感覺老師手指所做成的鳥兒翅膀，似乎就長在自己的背上，不禁回過頭。老師笑嘻嘻地目送真奈美的背影緩緩走下坡道，直到人影都看不清楚了，真奈美回過頭，老師仍在揮手。

「一起加油哦！」

老師的聲音乘著風，斷斷續續地傳來。老師居然還願意與我一起工作！願意與我一起工作……真奈美不斷喃喃自語，走下陡坡。

§

回程時大概是因為路比較熟了，真奈美的腳程出乎意料地快。只要再走一會兒就能抵達有通車的車站了，肚子也沒有想像中的餓。

一名身穿制服的女孩提著兩罐儲水桶，超越真奈美。真奈美追了上去，想把老師給的夾心餅乾送給女孩果腹。女孩提著儲水桶，重心卻穩如泰山，每個步伐都踏得很扎實。
「要不要吃點餅乾？」
真奈美好不容易追上去詢問。女孩緩緩回過頭，看著真奈美。
真奈美頓時渾身僵硬。儘管制服不同，但她就是國中時真奈美企圖從船上推落的G。明明已經過了二十幾年，G的模樣卻依然是國中生。
G放下儲水桶，收下真奈美遞出的夾心餅乾後，回答：
「謝謝，可是我不吃。」
那是G的聲音沒錯。仔細一瞧，儲水桶可是有二十公升。普通女生能提著兩個這麼重的儲水桶，還臉不紅氣不喘地走路嗎？
「因為妳不是人？」
真奈美聲音沙啞地問了長年以來的疑惑。
「嗯，對啊。」

G笑了。

驚慌失措的真奈美連珠炮似地問道：

「妳在監視我？為了避免我殺人？」

真奈美被自己脫口而出的話嚇了一跳，但她止不住疑問。

「妳犯罪的機率是百分之〇・〇〇二，這是電腦計算的結果，我不清楚理由，也不知道依據。但我對妳瞭若指掌，因為我是負責妳的ＡＩ。」

這是Ｇ第一次對她講這麼多話。

「『負責我』是什麼意思？」

「我的任務就是瞭解妳的一切。」

「那妳瞭解我什麼？」

「妳在國小四年級時，把姊姊為媽媽織的毛衣丟進了學校的垃圾焚化爐裡。」

「那麼久以前的事？」
真奈美啞口無言，因為G說的是事實。
「妳一直在監視我？只盯著我一個人？」
「沒錯，只盯著妳。」
「為什麼？為什麼不去監視林？為什麼是我？我在班上那麼不起眼，沒有任何出色的表現，為什麼要一直盯著我？」
「因為這麼多年來，妳一直在受傷，所以得有人看著妳，明白妳所經歷的一切。」
「是誰決定的？」
「我不曉得，但我清楚妳所有的事。包括妳是怎麼受傷的，又是怎麼熬過來的。」
「連我想殺人都一清二楚？」

「嗯，一清二楚。」

真奈美忍不住將身體弓了起來。堅固的柏油路竟然產生了裂痕，露出底下的泥土。

「但妳會好起來的。」

聽到G這麼說，真奈美仍然縮著身子，只把頭抬起來。

「好起來，是指什麼？」

真奈美擠出這句話，G指了指真奈美的胸口。低頭一看，是裝膠囊的口袋。真奈美不由得摀住口袋，膠囊仍在裡面。

「妳仔細看看。」

聽完G的話，真奈美望向口袋。袋口竟在不知不覺中被黑線縫起來了；一定是老師半夜爬起來，點亮提燈所縫的。上面留有一道明顯的黑色縫線，就像蠶豆一樣。

「我真的會好起來嗎？」

真奈美摩娑著口袋上的縫線，吐露心聲。G深切地望著真奈美，重複了一次：

「會好起來的。」

§

回過神來，真奈美發現自己拿著夾心餅乾杵在路上。她心想，或許遇到G只是自己的幻想吧。太蠢了，怎麼可能會有人從小就一直看著我呢？誰會勞心勞力去做這種事情？花功夫在我這種一無是處、平凡無奇的人身上，根本沒有意義。要是換算成錢，那得花費多大的金額啊？

真奈美忽然想起「影子間諜」一詞。或許，真的有某些東西，能將時間與金錢置之於度外。走在這條街上，真奈美漸漸萌生出這樣的想法。如果這次里枝也一起來就好了，那樣她就會明白她倆的格局有多麼狹小。

真奈美總算抵達車站，搭上了電車，乘客比去程時多一點。真奈美感到很疲倦，她從來沒有走過這麼多路，但卻毫無睡意，她想再看一眼那條被踩垮的高速公路，想與陌生的乘客們一起，以祈禱的心情遙望那一幕。想著想著，她覺得自己應該是確實遇到G了。

但願G真的全都看在眼裡，G說「會好起來的」聲音在腦海響起。老師將她的狼狽用黑線縫好，給了她一對翅膀，揮手對她說工作加油，街上一片狼籍……如果這些全都是真的，不就代表像我這樣的人，也有類似守護神的東西一直在陪著我嗎？但願無家可歸、失業、孤苦伶仃、無親無故的人，每個人身邊都有這麼一個守護神。

隨著電車的晃動，真奈美不知不覺睡著了。眼皮底下浮現出一道背影，背影傷痕累累，令真奈美卻步。才這麼想著，下一瞬間背影就化成一片柔軟的單面布，原本以為的傷痕，則變成了鳥的刺繡。真奈美很熟悉那幅圖案，那是墊在老家玄關花瓶底下的圖，是媽媽親手繡的，霎時真奈美感到既懷念又安心。

電車在千瘡百孔的街上轟隆隆地飛馳，真奈美半睡半醒，想像著現在的自己就是一根針。她要在傷口上繡出一片片翅膀，不論要花費多少金錢、勞力或是時間都無所謂，她要和老師先縫再說。真奈美想著想著，深深遁入了夢鄉。

カゲロボ

推薦

〔推薦〕毫不科幻的科幻小說——讀木皿泉《影子間諜》

◎林新惠（作家）

以眾多日劇作品聞名的編劇夫妻檔木皿泉，最新的小說作品《影子間諜》，是一本各篇各自獨立，但又隱然彼此相關的小說集。這本小說延續了木皿泉擅長的清巧而溫馨的風格，但又另外加入了別出心裁的調劑——一種姑且可稱為「科幻」的調味料。

我使用這麼曖昧的方式來描述《影子間諜》裡頭的「科幻」，正是因為此書使用科幻元素的方式十分幽微。科幻總是讓人聯想到巨大無邊的科技社會結構，或者遙遠的他方——無論是另一星球，或者另一種生存環境。然而，在《影子間諜》中，科幻的場景卻是再日常不過的學校、公園、街道。在這些枯索乏味的日常地帶中，幾乎不會讓人期待科幻。因此，當科幻（或者超現實）的瞬刻發生之時，那就像平凡無波的水面上終於綻開了如海上的波光一般，點亮了晦暗貧乏的生活。

所謂點亮倒不是給予小說人物救贖，卻是小說人物的人生中無法磨滅的轉捩點。開篇〈皮膚〉當中，描寫社會中流傳著關於「影子間諜」的傳說：那是長得和人類一模一樣的機器人，它會潛入人類社會中，監控是否有暴力行為並蒐證交給警方。這種類似社會群體中「抓耙仔」的角色，在敘事者所在的國中人際網絡中，立刻成為「必須被責怪／審判」的對象。而遠離人群的G，逐漸被冠上影子間諜的稱號，並成為被霸凌的對象。

小說精巧地將「機器人」的設定和校園霸凌編織在一起。通常，科幻中的機器人如果不是被人類奴役，就是成為讓人類備感威脅的存在。然而，在〈皮膚〉中，被說是影子間諜的G，反而讓其他霸凌她的同學自我合理化：機器人不會痛，就算一不小心殺死它，也只是讓它關機而已。在一次差點過失致死的霸凌中，三個女生合力想把G推落下海，然而G卻聞風不動，這更加深了G就是影子間諜的謎團。

〈皮膚〉並未交代G的下落，也未給出G的身世。直到最後一篇〈傷口〉，當年曾經意圖殺害G的女生之一，真奈美，長大成為一位作家的編輯，因緣際會又被勾起殺機，企圖毒害作家。真奈美的殺意最終被作家溫柔地化解，同時，她又在街頭上遇到G。那時，真奈美才知道，G是負責監視她的機器人，像影子一樣永遠跟著她，從她小時候開始就一直看著她每一個惡意的舉動。

然而，這個影子間諜沒有插手她的人生，也沒有出面阻止她，只是在一旁看著。直到真奈美殺害作家不成之後，才出面告訴她：「你會好起來的」——在G看來，真奈美所有的惡意舉動，都是因為心裡深刻的傷痕。而在一次又一次殺人未遂的過程中，她的傷口會逐漸被縫起來，就像真奈美原本包藏毒膠囊的口袋，被作家偷偷縫了起來。

木皿泉巧妙運用「機器人」的元素，卻不同於眾多科幻裡那些超人的、仿人的、非人的機器人。在木皿泉的小說中，機器人就像人的影子，承接著人心的暗面，且永遠和人類亦步亦趨。或許，透過木皿泉的小說，我們會明白，科幻不會發生在那些遙遠的國度，而總是誕生於人心中無邊的妄想與糾結的欲望。

〔推薦〕生活是頭安靜的獸，咬住你卻也背著你

◎重點就在括號裡（影劇評論家）

第一次感受到木皿泉筆下的青春魅力，是《改造野豬妹》[1]第三集「恐怖的文化祭（恐怖の文化祭）」。

1 《改造野豬妹》是日本於二〇〇五年播映的電視影集，由木皿泉擔任編劇，改編自日本作家白岩玄的同名小說。當年締造單集平均17%的收視率，蔚為風潮，甚至於二〇二〇年重播縮減版也人氣不減。台灣在二〇〇七年首次於電視台上播放。

主角三人在文化祭努力布置鬼屋，但一夜之間遭人破壞，在文化祭當天，他們在人潮中找到三名很有熱忱的高中生來幫忙。文化祭圓滿結束，鬼屋大受歡迎，就在最後，他們決定一起拍照留念時，三位高中生卻消失了。

見多識廣的教務主任說：「他們不是鬼呦，他們是『生靈』呀」，長大後工作繁忙的大人們，生活被各種麻煩與職場壓力塞得滿滿的，於是，每年都會化作靈魂形式，來參加他們最喜歡的、一生僅有一次的青春祭典。

這是我第一次因為電視劇故事感到震撼：居然有人（後來才知道是兩人，是一對可愛的夫與妻），可以將陽光熱鬧的「青春」與靈魂鬼怪，以及那些令人感傷的、惆悵的、歡快的情緒寫在一起，融為一體。

《改造野豬妹》的劇本超脫原著白岩玄較著重人際關係及結構的描寫，木皿泉寫的，是迷茫的青春，是人生的陰暗處，是「生」與「死」。後來，又看了惆悵青春物語《Sexy Voice & Robo》與《機器女友Q10》，看了講述生者與逝者的《昨夜的咖哩，明日的麵包》與《富士家族》，以及小說《漣漪的夜晚》；又或是，回頭找了木皿泉的成名作——讓他們拿到日本電視腳本家最高榮譽向田邦子賞的《西瓜》，每看一部作品，就更深深感受到木皿泉的魅力。[2]

他們會在毫不艱澀的文字與故事裡，挖掘我們記憶裡，令人難以忘懷但往往卻又會因長大逐漸淡忘的、最美的陰翳部分：可能是在有些陰霾的黃昏光線，淡淡耀進陰暗校園教室的那瞬間；也可能是，擠上滿是

2 上述幾部劇作皆由木皿泉撰寫腳本，除了《Sexy Voice & Robo》是改編自黑田硫黃的漫畫，其餘皆是原作。而《漣漪的夜晚》是《富士家族》的延伸小說。

人潮的電車班次時，與不知名人士的肢體接觸。

《影子間諜》刻劃的，就是這樣的美。

簡單來說，《影子間諜》像是木皿泉運用他們珍愛的時代小說大家——擅寫平民生活的山本周五郎筆觸[3]，用文字，拍出擁有他們濃濃風格、紙上影集版本的《愛╳死╳機器人》[4]。

「**影子間諜**」，是與人類極度相似的機器人，擁有人類也難以分辨的外型，也可以做出各種情緒及反應，隱身在我們的生活周遭，在如同

3 《影子間諜》也讓木皿泉第二度入圍山本周五郎賞。第一次入圍是《昨夜的咖哩，明日的麵包》。

4 《愛╳死╳機器人》是一部美國獨立單元的成人動畫劇集，每集由不同團隊所製作，各單集環繞在「愛」、「死」或「機器人」三種主題之上，彼此之間劇情不連貫。

經典電影《銀翼殺手》或《AI人工智慧》的近未來設定之下，木皿泉刻劃出「人」這樣的生物：真實的人，掙扎的人，迷惘的人，還有哀傷且憤怒的人。

校園霸凌者的內心困頓、年輕時因性騷擾感到快感而留戀不已的癌末奶奶、發現世間有個與自己一模一樣的存在的小女孩、因姐妹情仇而計劃殺人的出版社編輯。他們與你我一樣，在人生的某個時刻，被哀悽困頓之霧籠罩著，伸出手去摸索卻遍尋不到任何事物，為恨意迷惑，為性慾迷惑，為生命苦痛而迷惑，孤身一人。

但木皿泉永遠溫柔，他們像是輕輕挽起這些在苦痛生活翻騰著所以身上千瘡百孔的人們的手臂，帶著他們前行。《影子間諜》透過機器人，去講我們每個人都有的「愛」（以及慾）與「死」（以及痛）。木皿泉才不會說什麼漂亮話呢，他們也不會寫什麼令人厭煩的說教，只是仔細地，描寫那些在生命與記憶的間隙裡，早已哀痛到眼眶噙著淚水，卻沒自覺的人們所念念不忘的事物及情感。

原來，解答早就在每個人的身邊，就在每個人的生活裡：就夾在那些「陰暗處」裡。

無論是影像還是文字，我每一次感受到木皿泉的心思，總是會想，原來在這個痛苦的世間行走、呼吸、生活著，是可以永遠懷著這樣的溫柔與善意（偶爾還有他們獨特的幽默感），堅定地在這樣的世道上走下去。是他們讓我感受到，溫柔的善意是這世上最珍貴的事物，是「人」這樣的生物最美的一部分。

是的，人生麻煩，成長痛苦，生命必定伴隨各種艱辛，但這些善意，會將那些千瘡百孔的傷痛，一點一滴地縫補起來，木皿泉讓我們看見這些細微的、陰暗的疤，然後告訴我們，帶著這些疤上路吧，不用急，在人生這條路慢慢地往前走吧。

以上，就是《影子間諜》最打動我的部分。

精選LJ-084 影子間諜

作者：木皿泉

譯者：蘇暐婷

編輯：王儷璉

封面設計：朱疋 Jupee

行銷企劃：陳珮瑄

發行人：王永福

出版者：新雨出版社

地址：新北市三重區重安街一〇二號八樓

電話：02-2978-9528

傳真：02-2978-9518

服務信箱：a68689@ms22.hinet.net

郵政劃撥：11954996　戶名：新雨出版社

出版登記：局版台業字第 4063 號

出版日期：二〇二二年八月初版

ISBN：978-986-227-308-1

國家圖書館出版品預行編目(CIP)資料

影子間諜 / 木皿泉著 ; 蘇暐婷譯 . -- 初版 . -- 新北市 : 新雨出版社 , 2022.08
面；　公分 . -- (精選 ; LJ084)
ISBN 978-986-227-308-1(平裝)

861.57　　111009245